Tucholsky Wagner Zola Scott Sydow Freud Schlegel
Turgenev Fonatne Wallace
Twain Walther von der Vogelweide Fouqué Friedrich II. von Preußen
Weber Freiligrath Frey
Fechner Fichte Weiße Rose von Fallersleben Kant Ernst Frommel
Richthofen
Engels Fielding Hölderlin Dumas
Fehrs Faber Flaubert Eichendorff Tacitus
Eliasberg Ebner Eschenbach
Feuerbach Maximilian I. von Habsburg Fock Zweig
Ewald Eliot Vergil
Goethe Elisabeth von Österreich London
Mendelssohn Balzac Shakespeare Dostojewski Ganghofer
Lichtenberg Rathenau Doyle Gjellerup
Trackl Stevenson Hambruch
Mommsen Tolstoi Lenz Droste-Hülshoff
Thoma Hanrieder
Dach von Arnim Hägele Hauff Humboldt
Verne
Karrillon Reuter Rousseau Hagen Hauptmann Gautier
Garschin
Damaschke Defoe Hebbel Baudelaire
Descartes
Hegel Kussmaul Herder
Wolfram von Eschenbach Dickens Schopenhauer Rilke George
Bronner Darwin Melville Grimm Jerome
Bebel Proust
Campe Horváth Aristoteles
Bismarck Vigny Barlach Voltaire Federer Herodot
Gengenbach Heine
Storm Casanova Tersteegen Grillparzer Georgy
Chamberlain Lessing Langbein Gilm
Gryphius
Brentano Lafontaine
Strachwitz Claudius Schiller Kralik Iffland Sokrates
Bellamy Schilling
Katharina II. von Rußland Gerstäcker Raabe Gibbon Tschechow
Löns Hesse Hoffmann Gogol Wilde Vulpius
Luther Heym Hofmannsthal Gleim
Roth Klee Hölty Morgenstern
Luxemburg Heyse Klopstock Kleist Goedicke
La Roche Puschkin Homer Mörike
Machiavelli Horaz Musil
Navarra Aurel Musset Kierkegaard Kraft Kraus
Nestroy Marie de France Lamprecht Kind Kirchhoff Hugo Moltke
Nietzsche Nansen Laotse Ipsen Liebknecht
Marx Ringelnatz
von Ossietzky Lassalle Gorki Klett Leibniz
May vom Stein Lawrence Irving
Petalozzi Knigge
Platon Pückler Michelangelo Kafka
Sachs Poe Kock
de Sade Praetorius Mistral Liebermann Korolenko
Zetkin

Der Verlag tredition aus Hamburg veröffentlicht in der Reihe **TREDITION CLASSICS** Werke aus mehr als zwei Jahrtausenden. Diese waren zu einem Großteil vergriffen oder nur noch antiquarisch erhältlich.

Symbolfigur für **TREDITION CLASSICS** ist Johannes Gutenberg (1400 — 1468), der Erfinder des Buchdrucks mit Metalllettern und der Druckerpresse.

Mit der Buchreihe **TREDITION CLASSICS** verfolgt tredition das Ziel, tausende Klassiker der Weltliteratur verschiedener Sprachen wieder als gedruckte Bücher aufzulegen – und das weltweit!

Die Buchreihe dient zur Bewahrung der Literatur und Förderung der Kultur. Sie trägt so dazu bei, dass viele tausend Werke nicht in Vergessenheit geraten.

Sterben

Arthur Schnitzler

Impressum

Autor: Arthur Schnitzler
Umschlagkonzept: toepferschumann, Berlin

Verlag: tredition GmbH, Hamburg
ISBN: 978-3-8472-3643-6
Printed in Germany

Die Dämmerung nahte schon, und Marie erhob sich von der Bank, auf der sie eine halbe Stunde lang gesessen hatte, anfangs in ihrem Buche lesend, dann aber den Blick auf den Eingang der Allee gerichtet, durch die Felix zu kommen pflegte. Sonst ließ er nicht lange auf sich warten. Es war etwas kühler geworden, dabei aber hatte die Luft noch die Milde des entschwindenden Maitages.

Es waren nicht mehr viele Leute im Augarten, und der Zug der Spaziergänger ging dem Tore zu, das bald geschlossen werden mußte. Marie war schon dem Ausgange nahe, als sie Felix erblickte. Trotzdem er sich verspätet hatte, ging er langsam, und erst, wie seine Augen den ihren begegneten, beeilte er sich ein wenig. Sie blieb stehen, erwartete ihn, und wie er ihr lächelnd die Hand drückte, die sie ihm lässig entgegengestreckt hatte, fragte sie ihn mit sanftem Unmut im Ton: »Hast du denn bis jetzt arbeiten müssen?« Er reichte ihr den Arm und erwiderte nichts. »Nun?« fragte sie. »Ja, Kind«, sagte er dann, »und ich habe ganz vergessen, auf die Uhr zu sehen.« Sie betrachtete ihn von der Seite. Er schien ihr blässer als sonst. »Glaubst du nicht«, sagte sie zärtlich, »es wäre besser, du würdest dich jetzt ein bißchen mehr deiner Marie widmen? Laß doch auf einige Zeit deine Arbeiten. Wir wollen jetzt mehr spazierengehen. Ja? Du wirst von nun ab immer schon mit mir vom Hause fort.«

»So . . .«

»Ja, Felix, ich werde dich überhaupt nicht mehr allein lassen.« Er sah sie rasch, wie erschreckt an. »Was hast du denn?« fragte sie.

»Nichts!«

Sie waren am Ausgange angelangt, und das abendliche Straßenleben schwirrte heiter um sie. Es schien über der Stadt etwas von dem allgemeinen unbewußten Glücke zu liegen, das der Frühling über sie zu breiten pflegt. »Weißt du, was wir tun könnten«, sagte er. »Nun?« »In den Prater gehen.«

»Ach nein, neulich war es so kalt unten.«

»Aber sieh! Es ist beinahe schwül hier auf der Straße. Wir können ja gleich wieder zurück. Gehen wir nur!« Er sprach abgebrochen, zerstreut.

»Ja, sag, wie redest du denn, Felix?«

»Wie?« . . .

»Woran denkst du denn? Du bist ja bei mir, bei deinem Mädel!«

Er sah sie an mit starrem, abwesendem Blicke.

»Du!« rief sie angstvoll und drückte seinen Arm fester.

»Ja, ja«, sagte er, sich sammelnd. »Es ist schwül, ganz bestimmt. Ich bin nicht zerstreut! Und wenn, so darfst du's mir nicht übel nehmen.« Sie nahmen den Weg durch die Gassen dem Prater zu. Felix war noch schweigsamer als sonst. Die Lichter in den Laternen brannten schon.

»Warst du heute bei Alfred?« fragte sie plötzlich.

»Warum?«

»Nun, du hattest ja die Absicht.«

»Wieso?«

»Du fühltest dich ja gestern abend so matt.«

»Freilich.«

»Und warst nicht bei Alfred?«

»Nein.«

»Aber siehst du, gestern warst du noch krank, und nun willst du in den feuchten Prater hinunter. Es ist wirklich unvorsichtig.«

»Ach, es ist ja gleichgültig.«

»Rede doch nicht so. Du wirst dich noch ganz verderben.«

»Ich bitte dich«, sagte er mit fast weinerlicher Stimme, »gehen wir nur, gehen wir. Ich sehne mich nach dem Prater. Wir wollen dort- hin, wo es neulich so schön war. Weißt du, in den Gartensalon, dort ist's ja auch nicht kühl.«

»Ja, ja.«

»Wirklich nicht! Und heute ist es überhaupt warm. Nach Hause können wir ja nicht. Es ist zu früh. Und ich will auch nicht in der Stadt nachtmahlen, weil ich heute keine Lust habe, mich zwischen die Gasthauswände zu setzen, und dann schadet mir der Rauch, –

und ich will auch nicht viel Menschen sehen, das Geräusch tut mir weh!« – Anfänglich hatte er rasch geredet und lauter als sonst. Die letzten Worte ließ er aber verklingen. Marie hing sich fester in seinen Arm. Ihr war bang, sie sprach nicht mehr, weil sie Tränen in ihrer Stimme fühlte. Seine Sehnsucht nach dem stillen Gasthof im Prater, nach dem Frühlingsabend im Grün und Stillen hatte sich ihr mitgeteilt. Nachdem sie eine Weile beide geschwiegen, gewahrte sie auf seinen Lippen ein langsames und mattes Lächeln, und wie er sich nun zu ihr wandte, versuchte er in sein Lächeln einen Ausdruck des Glückes zu legen. Sie aber, die ihn gut kannte, fühlte das Gezwungene leicht heraus.

Sie waren im Prater. Dort die erste Allee, die vom Hauptwege abbog und beinah ganz im Dunkeln verschwand, führte zu ihrem Ziele. Dort stand das einfache Wirtshaus; der große Garten war kaum erleuchtet, die Tische standen ungedeckt da, die Sessel lehnten an ihnen. Daneben in den kugeligen Laternen auf den schlanken, grünen Pfählen flackerten trübrote Lichter. Ein paar Gäste saßen da, der Wirt selbst unter ihnen. Marie und Felix schritten vorbei, der Wirt stand auf und lüftete die Kappe. Sie öffneten die Tür zum Gartensalon, in dem ein paar zurückgedrehte Gasflammen fauchten. Ein kleiner Kellnerjunge hatte schlummernd in einer Ecke gesessen. Er erhob sich rasch, beeilte sich, die Gashähne besser aufzudrehen, und war den Gästen beim Ablegen behilflich. Sie setzten sich in eine Ecke, in der es recht dämmerig und traulich war, und rückten ihre Sessel ganz nahe zusammen. Sie bestellten etwas zu essen und zu trinken, ohne lange zu wählen, und waren nun allein. Nur vom Eingange her blinkten die trübroten Laternenlichter. Auch die Ecken des Saales verschwammen im Halbdunkel.

Noch immer schwiegen beide, bis endlich Marie, gequält, mit zitternden Worten begann: »So sag nur, Felix, was hast du denn? Ich bitte dich, sag's mir.«

Wieder kam jenes Lächeln über seine Lippen. »Nichts, Kind«, sagte er, »frag nicht. Meine Launen kennst du ja – oder kennst du sie noch immer nicht?« –

»Gewiß, deine Launen, o ja. Aber du bist nicht übel gelaunt; du bist verstimmt, ich seh' es ja; das muß seinen Grund haben. Ich bitte dich, Felix, was gibt's denn? Sag's doch, ich bitte dich!«

Er machte ein ungeduldiges Gesicht, denn eben trat der Kellner herein und brachte das Bestellte. Und wie sie noch einmal wiederholte: »Sag es mir, sag es mir«, wies er mit den Augen auf den Jungen und machte eine ärgerliche Bewegung. Der Junge ging. »Nun sind wir allein«, sagte Marie. Sie rückte näher zu ihm, nahm seine beiden Hände in die ihren. »Was hast du? Was hast du? Ich muß es wissen. Hast du mich denn nicht mehr lieb?« Er schwieg. Sie küßte seine Hand. Er entzog sie ihr langsam. »Nun, nun?« Er schaute mit den Augen wie hilfesuchend umher. »Ich bitte dich, laß mich, frag nicht, quäl' nicht!« Sie ließ seine Hand frei und sah ihm voll ins Gesicht. »Ich will's wissen.« Er stand auf und tat einen tiefen Atemzug. Dann griff er sich mit den beiden Händen an den Kopf und sagte: »Du machst mich noch wahnsinnig. Frag nicht.« Noch eine ganze Weile blieb er so stehen mit starrem Auge, und sie folgte angstvoll seinem Blick, der ins Leere ging. Dann ließ er sich nieder, atmete ruhiger, und eine müde Milde breitete sich über seine Züge. Nach ein paar Sekunden schien aller Schauer von ihm gewichen, und er sagte zu Marie leise, liebenswürdig: »Trink doch, iß doch.«

Sie nahm gehorsam Gabel und Messer und fragte ängstlich: »Und du?« »Ja, ja«, erwiderte er, blieb aber regungslos sitzen und berührte nichts. »Da kann ich auch nicht«, sagte sie. Da begann er denn zu essen und zu trinken. Bald aber legte er schweigend Gabel und Messer hin, stützte den Kopf in die Hand und sah Marie nicht an. Sie betrachtete ihn eine kleine Weile mit aufeinandergepreßten Lippen, dann zog sie seinen Arm weg, der ihr sein Gesicht verbarg. Und nun sah sie, wie es in seinen Augen schimmerte, und im Augenblicke, als sie aufschrie: »Felix, Felix«, begann er zu weinen, heiß und schluchzend. Sie nahm seinen Kopf an ihre Brust, strich ihm über die Haare, küßte ihm die Stirn, wollte ihm die Tränen wegküssen. »Felix, Felix!« Und er weinte leiser und leiser. »Was hast du, Schatz, angebeteter, einziger Schatz, sag's doch!« Und er, den Kopf noch immer an ihre Brust gepreßt, so daß seine Worte dumpf und schwer zu ihr heraufdrangen: »Marie, Marie, ich hab dir's nicht sagen wollen. Ein Jahr noch, und dann ist es aus.« Und nun weinte er heftig und laut. Sie aber, mit aufgerissenen Lidern, totenblaß, verstand nichts, wollte nichts verstehen. Etwas Kaltes und Entsetzliches schnürte ihr die Kehle zusammen, bis sie plötzlich aufschrie: »Felix, Felix!« Dann stürzte sie vor ihn hin und schaute ihm ins verweinte, verstörte Gesicht, das nun auf die Brust heruntergesunken war. Er sah sie vor sich knien und flüsterte: »Steh auf, steh auf.« Sie stand auf, mechanisch seinen Worten gehorchend, und setzte sich ihm gegenüber. Sie konnte nicht sprechen, sie konnte nicht fragen. Und er, dann wieder nach ein paar Sekunden tiefen Schweigens, plötzlich, laut klagend mit nach oben gerichtetem Blick, als laste etwas Unbegreifliches auf ihm: »Entsetzlich! Entsetzlich!« –

Sie fand ihre Stimme wieder. »Komm, komm!« Aber weiter brachte sie nichts hervor. »Ja, gehen wir«, sagte er mit einer Bewegung, als wollte er etwas von sich abschütteln. Er rief den Kellner, bezahlte, und beide verließen rasch den Saal.

Draußen umfing sie schweigend die Frühlingsnacht. In der dunklen Allee blieb Marie stehen, faßte die Hand ihres Geliebten: »Erklär mir nun endlich –«

Er war vollkommen ruhig geworden, und was er ihr nun sagte, klang einfach, schlicht, als wenn es eigentlich nichts so Besonderes wäre. Er machte seine Hand los und streichelte ihre Wangen. So dunkel war es, daß sie einander kaum sehen konnten.

»Mußt aber nicht erschrecken, Mizzel, denn ein Jahr ist lang, so lang! Nämlich nur ein Jahr mehr habe ich zu leben.« Sie schrie auf: »Aber du bist verrückt, du bist verrückt.«

»Es ist erbärmlich, daß ich dir's überhaupt sage, und sogar dumm. Aber weißt du, es ganz allein zu wissen und so einsam herumgehen, ewig mit dem Gedanken – ich hätte es ja wahrscheinlich doch nicht lange ausgehalten. Vielleicht ist es sogar gut, daß du dich daran gewöhnst. Aber komm doch, was stehen wir denn da? Ich selbst, Marie, bin ja den Gedanken schon gewohnt. Dem Alfred habe ich schon lange nicht mehr geglaubt.«

»Du warst also nicht bei Alfred? Aber die anderen verstehen ja nichts.«

»Siehst du, Kind, ich habe so fürchterlich gelitten die letzten Wochen unter der Ungewißheit. Nun ist's besser. Jetzt weiß ich's wenigstens. Ich war beim Professor Bernard, der hat mir wenigstens die Wahrheit gesagt.«

»Aber nein, er hat dir nicht die Wahrheit gesagt. Der hat dir sicher nur Angst machen wollen, damit du vorsichtiger wirst.«

»Mein liebes Kind, ich habe sehr ernst mit dem Manne gesprochen. Ich hab' Klarheit haben müssen. Weißt du, auch deinetwegen.«

»Felix, Felix«, schrie sie und umfaßte ihn mit beiden Armen. »Was sagst du da? Ohne dich werde ich keinen Tag leben, keine Stunde.«

»Komm«, sagte er still. »Sei ruhig.« Sie waren am Ausgange des Praters. Lebendiger war es um sie geworden, laut und hell. Wagenrasseln auf den Straßen, Pfeifen und Klingeln der Trams, das schwere Rollen eines Eisenbahnzuges auf der Brücke über ihnen. Marie zuckte zusammen. All dies Leben hatte mit einem Male etwas Höhnisches und Feindliches, und es tat ihr weh. Sie zog ihn mit sich, so daß sie nicht auf die breite Hauptstraße kamen, sondern durch die stillen Nebengassen den Weg nach Hause einschlugen.

Einen Augenblick fuhr es ihr durch den Kopf, daß er einen Wagen nehmen sollte, aber sie zögerte, es ihm zu sagen. Man konnte ja langsam gehen.

»Du wirst nicht sterben, nein, nein«, sagte sie dann halblaut, ihren Kopf fest an seine Schulter drückend. »Aber ohne dich lebe ich auch nicht weiter.«

»Mein liebes Kind, du wirst anders denken. Ich hab' mir alles wohl überlegt. Ja gewiß. Weißt du, wie so mit einem Male die Grenze gezogen war, sah ich so scharf, so gut.«

»Es gibt keine Grenze.«

»Freilich, mein Schatz. Man kann's nicht glauben. Ich glaube es ja selber nicht in diesem Augenblick. Es ist etwas so Unbegreifliches, nicht wahr? Denk einmal, ich, der da neben dir hergeht und Worte spricht, ganz laute, die du hörst, ich werd' in einem Jahr daliegen, kalt, vielleicht schon vermodert.«

»Hör auf, hör auf!«

»Und du, du wirst aussehen wie jetzt. Genau so, vielleicht noch ein bißchen blaß vom Weinen, aber dann wird wieder ein Abend kommen und viele, und der Sommer und der Herbst und der Winter und wieder ein Frühling, – und dann bin ich schon ein Jahr lang tot und kalt. Ja! – Was hast du denn? –«

Sie weinte bitterlich. Die Tränen flossen ihr über Wangen und Hals herunter.

Da ging ein verzweifeltes Lächeln über seine Züge, und er flüsterte zwischen den Zähnen hervor, heiser, herb: »Entschuldige.«

Sie schluchzte weiter, während sie vorwärts gingen, und er schwieg. Ihr Weg führte sie am Stadtpark vorbei, durch dunkle und stille, breite Straßen, über die von den Sträuchern des Parkes her ein leichter, trauriger Fliederduft geweht kam. Langsam gingen sie weiter. Auf der anderen Seite eintönig graue und gelbe hohe Häuser. Die mächtige Kuppel der Karlskirche, in den blauen Nachthimmel ragend, näherte sich ihnen. Sie bogen in eine Seitenstraße und hatten bald das Haus erreicht, in dem sie wohnten. Langsam stiegen sie die schwach erleuchtete Treppe hinauf und hörten hinter den Gangfenstern und Türen die Dienstmädchen plaudern und lachen. Nach ein paar Minuten hatten sie die Tür hinter sich geschlossen. Das Fenster war offen, ein paar dunkle Rosen, die in einer einfachen Vase auf dem Nachttische standen, dufteten durch das Zimmer. Von der Straße klang leises Summen herauf. Beide traten zum Fenster. Im Hause gegenüber war alles still und dunkel. Dann setzte er sich auf den Diwan, sie schloß die Läden und ließ die Vorhänge herab. Sie machte Licht und stellte die Kerze auf den Tisch. Er hatte all das nicht mehr gesehen, sondern saß da, in sich versunken. Sie näherte sich ihm. »Felix!« rief sie. Er schaute auf und lächelte. »Nun, Kind?« fragte er. Und wie er diese Worte mit weicher und leiser Stimme sagte, überkam sie ein Gefühl unendlicher Angst. Nein, sie wollte ihn nicht verlieren. Nie! Nie, nie! Es war auch nicht wahr. Es war gar nicht möglich. Sie versuchte zu sprechen, wollte ihm das alles sagen. Sie warf sich vor ihn hin und fand die Kraft der Rede nicht. Sie legte den Kopf auf seinen Schoß und weinte. Seine Hände ruhten auf ihren Haaren. »Nicht weinen«, flüsterte er zärtlich. »Nicht mehr, Miez.« Sie erhob den Kopf; wie eine wunderbare Hoffnung kam es über sie. »Es ist nicht wahr, wie? Nicht wahr?« Er küßte sie auf die Lippen, lang, heiß. Dann sagte er beinahe hart: »Es ist wahr« und stand auf. Er ging zum Fenster hin und stand dort ganz im Schatten. Nur zu seinen Füßen spielte der

Kerzenflimmer. Nach einiger Zeit begann er zu sprechen. »Du mußt dich an den Gedanken gewöhnen. Denk einfach, wir gingen *so* auseinander. Du mußt ja gar nicht wissen, daß ich nicht mehr auf der Welt bin.«

Sie schien nicht auf ihn zu hören. Ihr Gesicht hatte sie in den Kissen des Diwans verborgen. Er sprach weiter: »Wenn man philosophisch über die Sache denkt, so ist es nicht so fürchterlich. Wir haben ja noch so viel Zeit, glücklich zu sein; nicht, Miez?«

Sie schaute plötzlich auf mit großen, tränenlosen Augen. Dann eilte sie zu ihm hin, klammerte sich an ihn und hielt ihn mit beiden Armen an ihre Brust gedrückt. Sie flüsterte: »Ich will mit dir sterben.« Er lächelte. »Das sind Kindereien. Ich bin nicht so kleinlich, wie du glaubst. Ich hab' auch gar nicht das Recht, dich mit mir zu ziehen.«

»Ich kann ohne dich nicht sein.«

»Wie lange warst du ohne mich? Ich war ja schon verloren, als ich dich vor einem Jahre kennenlernte. Ich wußte es nicht, aber ich hab' es schon damals geahnt.«

»Du weißt es auch heute nicht.«

»Ja, ich weiß es, und darum geb' ich dich heute schon frei.«

Sie klammerte sich fester an ihn. »Nimm's an, nimm's an«, sagte er. Sie antwortete nicht, sah zu ihm auf, als könnte sie's nicht verstehen.

»Du bist so schön, oh! und so gesund. Was für ein herrliches Recht hast du ans Leben. Laß mich allein.«

Sie schrie auf. »Ich hab' mit dir gelebt, ich werde mit dir sterben.«

Er küßte sie auf die Stirne. »Du wirst es nicht, ich verbiete es dir, du mußt dir diese Idee aus dem Kopfe schlagen.«

»Ich schwöre dir –«

»Schwöre nicht, du würdest mich eines Tages bitten, daß ich dir deinen Schwur zurückgebe.«

»Das ist dein Glaube an mich!«

»Oh, du liebst mich, ich weiß es. Du wirst mich nicht verlassen, bis –«

»Nie, nie werd' ich dich verlassen.« Er schüttelte den Kopf. Sie schmiegte sich an ihn, nahm seine beiden Hände und küßte sie.

»Du bist so gut«, sagte er, »das macht mich sehr traurig.«

»Sei nicht traurig. Was immer kommt, wir beide haben dasselbe Schicksal.«

»Nein«, sagte er ernst und bestimmt, »laß das. Ich bin nicht wie die anderen. Ich will es nicht sein. Alles begreife ich; erbärmlich wäre es von mir, wenn ich länger auf dich hören wollte, mich von diesen Worten berauschen lassen, die dir der erste Augenblick des Schmerzes eingibt. Ich muß gehen, und du mußt bleiben.«

Sie hatte wieder zu weinen begonnen. Er streichelte und küßte sie, um sie zu beruhigen, und sie blieben beim Fenster stehen und sprachen nichts mehr. Die Minuten vergingen, die Kerze brannte tiefer herab.

Nach einiger Zeit entfernte sich Felix von ihr und setze sich auf den Diwan. Eine schwere Müdigkeit war über ihn gekommen. Marie näherte sich ihm und setzte sich an seine Seite. Sie nahm leise seinen Kopf und legte ihn an ihre Schulter. Er blickte sie zärtlich an und schloß die Augen. So schlief er ein.

Der Morgen schlich blaß und kühl heran. Felix war erwacht. Noch lag sein Kopf an ihrer Brust. Sie aber schlief tief und fest. Er entfernte sich leise von ihr und ging zum Fenster, sah auf die Straße hinunter, die menschenleer im Morgengrauen dalag. Es fröstelte ihn. Nach einigen Minuten schon streckte er sich angekleidet aufs Bett und starrte auf die Decke.

Es war hellichter Tag, als er erwachte. Marie saß auf dem Bettrand, sie hatte ihn wachgeküßt. Sie lächelten beide. War nicht alles ein böser Traum gewesen? Er selbst kam sich jetzt so gesund, so frisch vor. Und draußen lachte die Sonne. Von der Gasse herauf drang Geräusch; es war alles so lebendig. Im Hause gegenüber standen viele Fenster offen. Und dort auf dem Tische war das Frühstück vorbereitet wie jeden Morgen. So licht war das Zimmer, in alle

Ecken drang der Tag. Sonnenstäubchen flimmerten, und überall, überall Hoffnung, Hoffnung, Hoffnung!

Der Doktor rauchte seine Nachmittagszigarre, als ihm eine Dame gemeldet wurde. Es war noch vor der Ordinationsstunde, und Alfred ärgerte sich eigentlich. »Marie«, rief er erstaunt aus, als sie eintrat.

»Seien Sie nicht böse, daß ich Sie so früh störe. Oh, rauchen Sie nur weiter.«

»Wenn Sie erlauben. – Aber was gibt's denn, was haben Sie denn?«

Sie stand vor ihm, die eine Hand auf den Schreibtisch gestützt, in der anderen den Sonnenschirm haltend. »Ist es wahr«, stieß sie rasch hervor, »daß Felix so krank ist? Ah, Sie werden blaß. Warum haben Sie mir's nicht gesagt, warum nicht?«

»Was fällt Ihnen denn ein?« Er ging im Zimmer hin und her. »Sie sind närrisch. Bitte, setzen Sie sich.«

»Antworten Sie mir.«

»Gewiß ist er leidend. Das ist Ihnen ja nichts neues.«

»Er ist verloren«, schrie sie auf.

»Aber, aber!«

»Ich weiß es; *er* auch. Gestern war er beim Professor Bernard, der hats ihm gesagt.«

»Es hat sich schon mancher Professor geirrt.«

»Sie haben ihn ja oft untersucht, sagen Sie mir die Wahrheit.«

»In diesen Dingen gibt es keine absolute Wahrheit.«

»Ja, weil er Ihr Freund ist. Sie wollen's eben nicht sagen, nicht wahr? Aber ich sehe es Ihnen an! Es ist also wahr, es ist wahr! O Gott! O Gott!«

»Liebes Kind, beruhigen Sie sich doch.«

Sie sah rasch zu ihm auf. »Es ist wahr?«

»Nun ja, er ist krank, Sie wissen es ja.«

»Ah –«

»Aber warum hat man's ihm gesagt? Und dann –«

»Nun, nun? Aber bitte, erwecken Sie mir keine Hoffnung, wenn es keine gibt.«

»Man kann es nie mit Sicherheit voraussehen. Das kann so lange dauern.«

»Ich weiß ja, ein Jahr.«

Alfred biß die Lippen zusammen. »Ja, sagen Sie, warum war er denn eigentlich bei einem anderen Arzt?«

»Nun, weil er wußte, daß Sie ihm nie die Wahrheit sagen werden, – ganz einfach.«

»Es ist zu dumm«, fuhr der Doktor auf, »es ist zu dumm. Ich begreife das nicht! Als wenn es so dringend notwendig wäre, einen Menschen –«

In diesem Augenblicke öffnete sich die Türe, und Felix trat ein.

»Ich dachte es«, sagte er, als er Marie erblickte.

»Du machst mir schöne Narrheiten«, rief der Doktor aus, »schöne Narrheiten, wirklich.«

»Laß die Phrasen, mein lieber Alfred«, erwiderte Felix, »ich danke dir herzlich für deinen guten Willen, du hast als Freund gehandelt, du hast dich famos benommen.«

Marie fiel hier ein. »Er sagt, daß der Professor gewiß –«

»Laß das«, unterbrach sie Felix, »solange es ging, durftet ihr mich in dem Wahn erhalten. Von jetzt an wäre es eine abgeschmackte Komödie.«

»Du bist ein Kind«, sagte Alfred, »es laufen viele Leute in Wien herum, denen man schon vor zwanzig Jahren das Leben abgesprochen hat.«

»Die meisten von ihnen sind aber doch schon begraben.«

Alfred ging im Zimmer hin und her. »Vor allem einmal, es hat sich zwischen gestern und heute nichts geändert. Du wirst dich schonen, das ist alles, du wirst mir besser folgen als bisher, das ist das Gute daran. Erst vor acht Tagen war ein fünfzigjähriger Herr bei mir –«

»Ich weiß schon«, fiel Felix ein. »Der gewisse fünfzigjährige Herr, der als Jüngling von zwanzig aufgegeben war und nun blühend ausschaut und acht gesunde Kinder hat.«

»Solche Dinge kommen vor, daran ist gar nicht zu zweifeln«, warf Alfred ein.

»Weißt du«, sagte Felix darauf, »ich gehöre nicht zu der Sorte Menschen, an denen Wunder geschehen.«

»Wunder?« rief Alfred aus. »Das sind lauter natürliche Sachen.«

»Aber sehen Sie ihn doch nur an«, sagte Marie. »Ich finde, er schaut jetzt besser aus als im Winter.«

»Er muß sich halt schonen«, meinte Alfred und blieb vor seinem Freund stehen. »Ihr werdet jetzt ins Gebirge reisen, und dort wird gefaulenzt, ordentlich.«

»Wann sollen wir abreisen?« fragte Marie eifrig.

»Ist doch alles Unsinn«, sagte Felix.

»Und im Herbst geht ihr in den Süden.«

»Und im nächsten Frühjahr?« fragte Felix spöttisch.

»Bist du hoffentlich gesund«, rief Marie aus.

»Ja, gesund«, lachte Felix, »gesund! – Keinesfalls mehr leidend.«

»Ich sag's ja immer«, rief der Doktor aus, »diese großen Kliniker sind alle zusammen keine Psychologen.«

»Weil sie nicht einsehen, daß wir die Wahrheit nicht vertragen«, warf Felix ein.

»Es gibt gar keine Wahrheiten, sag' ich. Der Mann hat sich gedacht, er muß dir die Hölle heiß machen, damit du nicht leichtsinnig bist. Das war so ungefähr sein Gedankengang. Wenn du trotz seiner Vorhersage gesund wirst, ist's ja doch keineswegs eine Blamage für ihn. Er hat dich ja nur gewarnt.«

»Lassen wir die kindischen Redereien«, fiel hier Felix ein, »ich habe sehr ernst mit dem Manne gesprochen, ich hab' es ihm klar zu machen verstanden, daß ich Gewißheit haben muß. Familienverhältnisse! Das imponiert ihnen ja immer. Und ich muß es dir aufrichtig gestehen, die Ungewißheit war schon zu jämmerlich.«

»Als wenn du jetzt Gewißheit hättest«, fuhr Alfred auf.

»Ja, jetzt habe ich Gewißheit. Vergebliche Mühe, die du dir nun gibst. Es handelt sich jetzt nur darum, das letzte Jahr so weise als möglich zu verleben. Du wirst schon sehen, mein lieber Alfred, ich bin der Mann, der lächelnd von dieser Welt scheidet. Na, weine nicht, Miez; du ahnst gar nicht, wie schön dir diese Welt noch ohne mich vorkommen wird. Wie, Alfred, glaubst du nicht?«

»Geh! Du quälst ja das Mädel ganz überflüssig.«

»Es ist wahr, es wäre vernünftiger, ein rasches Ende zu machen. Verlaß mich, Miez, geh, laß mich allein sterben!«

»Geben Sie mir Gift«, schrie Marie plötzlich auf.

»Ihr seid ja beide verrückt«, rief der Doktor.

»Gift! Ich will nicht eine Sekunde länger leben als er, und er soll es glauben. Er will es mir nicht glauben. Warum denn nicht? Warum denn nicht?«

»Du, Miez, jetzt will ich dir was sagen. Wenn du von dem Unsinn noch einmal redest, noch einmal, so verschwinde ich spurlos aus deiner Nähe. Dann siehst du mich überhaupt nicht mehr. Ich habe kein Recht, dein Schicksal an meines zu ketten, ich will diese Verantwortung auch gar nicht.«

»Weißt du, mein lieber Felix«, begann der Doktor, »du wirst die Güte haben, lieber heute als morgen abzureisen. So kann's nicht weitergehen. Ich werde euch heute abend auf die Bahn bringen, und die kräftige Luft und die Ruhe werden euch beide hoffentlich wieder vernünftig machen.«

»Ich bin ja ganz einverstanden«, sagte Felix, »mir ist das sehr gleichgültig, wo –«

»Schon gut«, unterbrach ihn Alfred; »es liegt vorläufig nicht der geringste Grund zur Verzweiflung vor, und du kannst die traurigen Nebenbemerkungen eigentlich ganz beiseite lassen.«

Marie trocknete ihre Tränen und sah den Doktor dankbar an.

»Großer Psycholog«, lächelte Felix. »Wenn ein Arzt mit einem grob ist, kommt man sich gleich so gesund vor.«

»Ich bin vor allem dein Freund. Du weißt also –«

»Abreisen – morgen – ins Gebirge!«

»Ja, dabei bleibt's auch.«

»Na, ich dank' dir jedenfalls sehr«, sagte Felix, indem er seinem Freunde die Hand reichte. »Und nun wollen wir gehen. Da draußen räuspert schon einer. Komm, Miez!«

»Ich danke Ihnen, Herr Doktor«, sagte Marie, Abschied nehmend.

»Da gibt es ja weiter nichts zu danken. Seien Sie nur vernünftig und geben Sie auf ihn acht. Also, auf Wiedersehen.«

Auf der Stiege sagte Felix plötzlich: »Lieber Mensch, der Doktor, wie?«

»O ja.«

»Und jung und gesund und hat vielleicht noch vierzig Jahre vor sich – oder hundert.«

Sie waren auf der Straße. Um sie herum lauter Menschen, die gingen und sprachen und lachten und lebten und an den Tod nicht dachten.

Sie bezogen ein kleines Häuschen hart am See. Es stand abseits von dem Dorfe selbst als einer der letzten abgelösten Ausläufer der Häuserreihe, die sich längs des Wassers hinzog. Und hinter dem Hause stiegen die Wiesen hügelig hinan, weiter oben lagen Felder in Sommerblüte. Weit dahinter, nur selten sichtbar, der verwischte Zug ferner Gebirge. Und wenn sie aus ihrer Wohnung heraus auf die Terrasse traten, die auf vier braunen, feuchten Pfählen aus dem klaren Wassergrunde hervorragte, so lag ihnen gegenüber am anderen Ufer die lange Kette starrer Felsen, über deren Höhe der kalte Glanz des schweigenden Himmels ruhte.

In den ersten Tagen ihres Hierseins war ein wunderbarer Friede über sie gekommen, den sie selber kaum begriffen. Es war, als hätte das allgemeine Los nur in ihrem gewohnten Aufenthalt Macht über sie gehabt; hier, in den neuen Verhältnissen, galt nichts mehr von dem, was in einer anderen Welt über sie verhängt worden. Auch hatten sie, seit sie einander kannten, noch nie so erquickende Einsamkeit gefunden. Es kam vor, daß sie sich manchmal ansahen, als wäre zwischen ihnen irgendeine kleine Geschichte vorgefallen, etwa ein Zank oder ein Mißverständnis, über das aber nicht mehr gesprochen werden durfte. Felix fühlte sich an den schönen Sommertagen so wohl, daß er sich bald nach seiner Ankunft wieder ans Arbeiten machen wollte. Marie gab es nicht zu. »Ganz gesund bist du noch nicht«, lächelte sie. Und auf dem kleinen Tischchen, wo Felix seine Bücher und Papiere aufgeschichtet hatte, tanzten die Sonnenstrahlen, und durchs Fenster herein kam vom See her eine weiche, schmeichelnde Luft, die von allem Unglück der Welt nichts wußte.

Eines Abends ließen sie sich wie gewöhnlich von einem alten Bauern auf den See hinausrudern. Sie befanden sich da in einem breiten, guten Fahrzeug mit einem gepolsterten Sitz, auf dem sich Marie niederzulassen pflegte, während sich Felix ihr zu Füßen hinlegte, in einen warmen, grauen Plaid gehüllt, der zugleich Unterlage und Decke für ihn war. Den Kopf hatte er an ihren Knien ruhen. Auf der weiten, ruhigen Wasserfläche lagen leichte Nebel, und es schien, als stiege die Dämmerung langsam aus dem See empor, um sich allmählich gegen die Ufer hinzubreiten. Felix wagte es heute, eine Zigarre zu rauchen, und schaute vor sich hin über die Wellen, den Felsen zu, um deren Kuppen ein mattes Sonnengelb hinfloß.

»Sag, Miez«, fing er zu reden an, »traust du dich, hinaufzuschauen?«

»Wohin?«

Er deutete mit dem Finger auf den Himmel. »Da gerade hinauf, ins Dunkelblaue. Ich kann's nämlich nicht. Es ist mir unheimlich.«

Sie schaute hinauf und verweilte mit ihren Blicken ein paar Sekunden oben. »Mir tut's eher wohl«, sagte sie.

»So? Wenn der Himmel so klar ist wie heute, bring' ich es schon gar nicht zusammen. Diese Ferne, diese schauerliche Ferne! Wenn die Wolken oben stehen, ist es mir nicht so unangenehm, die Wolken gehören doch noch zu uns; – da schaue ich in Verwandtes hinein.«

»Morgen wird's wohl regnen«, fiel da der Ruderer ein, »die Berge sind heut zu nah!« Und er ließ die Ruder ruhen, so daß der Kahn ganz lautlos und immer langsamer über die Wellen hinglitt.

Felix räusperte sich. »Merkwürdig; die Zigarre vertrag' ich noch nicht recht.«

»So wirf sie doch weg.«

Felix drehte die glimmende Zigarre ein paarmal zwischen den Fingern hin und her, dann warf er sie ins Wasser, und ohne sich nach Marie umzuwenden, sagte er: »Wie, ganz gesund bin ich doch noch nicht?«

»Geh«, erwiderte sie abwehrend, indem sie mit ihrer Hand leise über seine Haare strich.

»Was werden wir nur machen«, fragte Felix, »wenn's zu regnen anfängt! Da wirst du mich doch arbeiten lassen müssen.«

»Du darfst nicht.«

Sie beugte sich zu ihm nieder und sah ihm in die Augen. Es fiel ihr auf, daß seine Wangen gerötet waren. »Deine bösen Gedanken will ich dir bald vertreiben! Aber wollen wir jetzt nicht nach Hause fahren? Es wird kühl.«

»Kühl? Mir ist nicht kühl.«

»Naja, dir mit dem dicken Plaid.«

»Oh«, rief er aus, »ich Egoist habe ganz dein Sommerkleid vergessen.« Er wandte sich zum Ruderer. »Nach Hause.« Nach ein paar hundert Ruderschlägen waren sie ihrer Wohnung nahe. Da bemerkte Marie, wie Felix mit der rechten Hand sein linkes Handgelenk umschloß. »Was hast du denn?«

»Miez, ich bin wirklich noch nicht gesund.«

»Aber.«

»Fieber hab' ich. Hm, – zu dumm!«

»Du irrst dich sicher«, sagte Marie ängstlich, »ich will gleich um den Doktor gehen.« – »Ja, natürlich, das könnt' ich noch brauchen.«

Sie hatten angelegt und stiegen ans Land. In den Zimmern war's beinahe dunkel. Aber die Wärme des Tages war noch darin. Während Marie zum Abendessen herrichtete, saß Felix ruhig im Lehnstuhl.

»Du«, sagte er ganz plötzlich, »die ersten acht Tage sind um.«

Sie kam vom Tische, wo sie die Gedecke aufgelegt hatte, rasch zu ihm hin und umschloß ihn mit beiden Armen. »Was hast du denn wieder?«

Er machte sich los. »Na, laß das!« Er stand auf und setzte sich an den Tisch. Sie folgte ihm. Er trommelte mit den Fingern auf dem Tisch herum. »So wehrlos komme ich mir vor. Plötzlich überfällt es einen.«

»Aber, Felix, Felix.« Sie rückte ihren Stuhl nahe an den seinen.

Er schaute mit großen Augen im Zimmer hin und her. Dann schüttelte er den Kopf ärgerlich, als könnte er irgend etwas nicht fassen, und stieß wieder zwischen den Zähnen hervor: »Wehrlos! Wehrlos! Kein Mensch kann mir helfen. Die Sache an sich ist ja nicht so schrecklich, – aber daß man so wehrlos ist!« –

»Felix, ich bitte dich, du regst dich auf. Es ist sicher nichts. Willst du, – nur zu deiner Beruhigung, daß ich um den Arzt gehe?«

»Ich bitte dich, laß mich damit! Entschuldige, daß ich dich schon wieder mit meiner Krankheit unterhalte.«

»Aber –«

»Wird nicht mehr geschehen. Geh, schenk mir doch ein. Ja, ja, einschenken! . . . Danke! – Nun, so rede doch irgend etwas.«

»Ja, was?«

»Was immer. Lies mir was vor, wenn dir nichts einfällt. Ach, pardon, nach dem Essen natürlich. Iß nur, ich esse auch.« Er griff zu. »Ich habe sogar Appetit, es schmeckt mir ganz gut.«

»Na, also«, sagte Marie mit einem gezwungenen Lächeln.

Und beide aßen und tranken.

Die nächsten Tage brachten einen warmen Regen. Da saßen sie bald im Zimmer, bald auf ihrer Terrasse, bis der Abend kam. Sie lasen beide oder schauten zum Fenster hinaus, oder er sah ihr zu, wenn sie irgendeine Näharbeit vornahm. Zuweilen spielten sie Karten, auch die Anfangsgründe des Schachspiels brachte er ihr bei. Andere Male wieder legte er sich auf den Diwan hin; sie saß bei ihm und las ihm vor. Es waren stille Tage und Abende, und Felix fühlte sich eigentlich ganz wohl. Es freute ihn, daß das schlechte Wetter ihm nichts anhaben konnte. Auch das Fieber kam nicht wieder.

Eines Nachmittags, als sich das erste Mal nach langem Regen der Himmel aufzuhellen schien, saßen sie wieder auf dem Balkon, und Felix sagte ganz unvermittelt, ohne an irgendein früheres Gespräch anzuknüpfen: »Es gehen eigentlich lauter zum Tode Verurteilte auf der Erde herum.«

Marie schaute von ihrer Arbeit auf.

»Nun ja«, fuhr er fort, »stelle dir beispielsweise vor, es sagte dir einer: Hochgeehrtes Fräulein, Sie werden am 1. Mai 1970 sterben. So wirst du dein ganzes künftiges Leben in einer namenlosen Angst vor dem 1. Mai 1970 verbringen, obwohl du heute gewiß nicht ernstlich glaubst, hundert Jahre alt zu werden.«

Sie antwortete nichts.

Er sprach weiter, indem er auf den See hinausblickte, auf dem es eben von den durchbrechenden Sonnenstrahlen zu glitzern begann.

»Andere wieder gehen heute stolz und gesund herum, und irgendein blödsinniger Zufall rafft sie in ein paar Wochen dahin. Die denken gar nicht ans Sterben, nicht wahr?«

»Schau«, sagte Marie, »laß doch die dummen Gedanken. Du mußt dir doch heut schon selber darüber klar sein, daß du wieder gesund wirst.«

Er lächelte.

»Nun ja, gerade du gehörst zu denen, die gesund werden.«

Er lachte laut auf. »Gutes Kind, du meinst in der Tat, daß ich dem Schicksal aufsitze? Du meinst, mich betrügt dieses scheinbare Wohlsein, mit dem mich die Natur jetzt beglückt? Ich weiß nur zufällig, woran ich bin, und der Gedanke an den nahen Tod macht mich, wie andere große Männer auch, zum Philosophen.«

»Jetzt hör schon einmal auf! Ja?«

»Oh, mein Fräulein, ich soll sterben, und Sie sollen nicht einmal die kleine Unannehmlichkeit haben, mich davon reden zu hören?«

Sie warf ihre Arbeit weg und trat zu ihm hin. »Ich fühle es ja«, sagte sie mit dem Tone ehrlicher Überzeugung, »daß du mir bleibst. Du kannst es ja selber gar nicht beurteilen, wie du dich erholst. Du mußt jetzt nur nicht mehr daran denken, dann ist jeder böse Schatten aus unserem Leben weg.«

Er betrachtete sie lange. »Du scheinst es wirklich absolut nicht begreifen zu können. Man muß es dir augenfällig machen. Sieh einmal her.« Er nahm eine Zeitung zur Hand. »Was steht hier?«

»12. Juni 1890.«

»Ja. 1890. Und jetzt denke dir, es steht da statt der Null eine Eins. Da ist schon alles längst vorbei. Ja, verstehst du's jetzt?«

Sie nahm ihm die Zeitung aus der Hand und warf sie ärgerlich zu Boden.

»Die kann nichts dafür«, sagte er ruhig. Und plötzlich, indem er sich lebhaft erhob und alle diese Gedanken mit einem raschen Entschluß weit von sich abzuweisen schien, rief er aus: »Schau einmal, wie schön! Wie die Sonne über dem Wasser liegt – und dort« – er beugte sich zur Seite der Terrasse hinaus und schaute nach der entgegengesetzten Seite hin, wo das flache Land lag – »wie die Felder sich bewegen! Ich möchte ein wenig da hinaus.«

»Wird's nicht zu feucht sein?«

»Komm, ich muß ins Freie.«

Sie wagte nicht recht, ihm zu widersprechen.

Beide nahmen ihre Hüte, warfen ihre Mäntel um und schlugen den Weg ein, der den Feldern zu führte. Der Himmel war beinahe völlig klar geworden. Über den fernen Gebirgszug zogen vielgestaltige weiße Nebel. Es war, als verlöre sich das Grün der Wiesen in dem goldenen Weiß, das die Gegend abzuschließen schien. Bald waren sie auf dem Weg mitten unter das Korn gekommen, und da mußten sie eines hinter dem andern gehen, während die Halme unter den Säumen ihrer Mäntel raschelten. Bald bogen sie seitab in einen nicht allzu dichten Laubwald, in welchem es wohlgepflegte Wege gab mit Ruhebänken in kurzen Abständen. Hier gingen sie Arm in Arm.

»Ist's da nicht schön?« rief Felix aus. »Und dieser Duft!«

»Glaubst du nicht, daß jetzt nach dem Regen –« fiel Marie ein, ohne den Satz zu vollenden.

Er machte eine ungeduldige Kopfbewegung. »Laß das, kommt es denn darauf an? Es ist unangenehm, immer daran gemahnt zu werden.«

Wie sie nun weiterschritten, lichtete sich der Wald mehr und mehr. Durch das Gelaub schimmerte der See. Kaum hundert Schritte noch hatten sie bis dahin. Eine ziemlich schmale Landzunge, auf welcher der Wald in ein paar spärlichen Sträuchern seinen Abschluß fand, ragte ins Wasser vor. Hier standen einige Tannenholzbänke mit Tischen davor, und hart am Ufer zog sich ein hölzerner Zaun hin. Ein leichter Abendwind hatte sich erhoben und trieb die Wellen ans Ufer. Und nun strich der Wind weiter ins Gesträuch, über die Bäume, so daß es von den feuchten Blättern wieder zu tropfen begann. Über dem Wasser lag der müde Schein des scheidenden Tages.

»Ich habe nie geahnt«, sagte Felix, »wie schön das alles ist.«

»Ja, es ist reizend.«

»Du weißt es ja nicht«, rief Felix aus. »Du kannst es ja nicht wissen, du mußt ja nicht Abschied davon nehmen.« Und er machte langsam ein paar Schritte nach vorwärts und stützte sich mit beiden

Armen auf den schlanken Zaun, dessen schmale Stützstäbe vom Wasser umspült waren. Er schaute lange auf die schimmernde Fläche hinaus. Dann wandte er sich um. Marie stand hinter ihm; ihr Blick war traurig vor verhaltenen Tränen.

»Siehst du«, sagte Felix in scherzendem Tone, »dies alles hinterlasse ich dir. Ja, ja, denn es gehört mir. Das ist das Geheimnis der Lebensempfindung, auf das ich gekommen bin, daß man so ein gewaltiges Gefühl unendlichen Besitzes hat. Ich könnte mit allen diesen Dingen machen, was ich will. Auf dem kahlen Fels da drüben könnt' ich Blumen sprießen lassen, und die weißen Wolken könnt' ich vom Himmel vertreiben. Ich tu's nicht, denn so gerade, wie alles ist, ist es schön. Mein liebes Kind, erst wenn du allein bist, wirst du mich verstehen. Ja, du wirst ganz bestimmt die Empfindung haben, als sei das alles in deinen Besitz übergegangen.«

Er nahm sie bei der Hand und zog sie neben sich. Dann streckte er seinen andern Arm aus, wie um ihr all die Herrlichkeiten zu zeigen. »Dies alles, dies alles«, sagte er. Da sie noch immer schwieg und noch immer jene großen, tränenlosen Augen hatte, brach er jäh ab und sprach: »Nun aber nach Hause!«

Die Dämmerung nahte, und sie nahmen den Uferweg, auf dem sie ihre Wohnung bald erreichten. »Es war doch ein schöner Spaziergang«, meinte Felix.

Sie nickte stumm mit dem Kopfe.

»Wir wollen ihn öfter wiederholen, Miez.«

»Ja«, sagte sie.

»Und« – er setzte das in einem Tone verächtlichen Mitleids hinzu – »quälen will ich dich auch nimmer.«

An einem der nächsten Nachmittage beschloß er, seine Arbeiten wieder vorzunehmen. Wie er wieder das erstemal den Bleistift übers Papier führen wollte, sah er mit einer gewissen hämischen Neugier auf Marie hinüber, ob sie ihn wohl abhalten werde. Sie aber sagte nichts. Bald warf er Blei und Papier wieder beiseite und nahm irgendein gleichgültiges Buch zur Hand, um darin zu lesen. Das zerstreute ihn besser. Noch war er zur Arbeit nicht fähig. Er mußte sich erst zur völligen Lebensverachtung durchringen, um dann, der stummen Ewigkeit ruhig entgegensehend, wie ein Weiser seinen letzten Willen aufzuzeichnen. Das war es, was er wollte. Nicht einen letzten Willen, wie ihn gewöhnliche Menschen niederschreiben, der stets die geheime Angst vor dem Sterben verrät. Auch sollte dieses Schriftstück nicht über Dinge handeln, die man greifen und sehen kann, und die schließlich doch irgend einmal nach ihm zugrunde gehen mußten: sein letzter Wille sollte ein Gedicht sein, ein stiller, lächelnder Abschied von der Welt, die er überwunden. Zu Marie sprach er nichts von diesem Gedanken. Sie hätte ihn nicht verstanden. Er kam sich so anders vor als sie. Mit einem gewissen Stolz saß er ihr gegenüber an den langen Nachmittagen, wenn sie über ihrem Buch, wie es wohl zu geschehen pflegte, eingeschlummert war und ihr die aufgelösten Locken über die Stirne ringelten. Sein Selbstgefühl wuchs, wenn er sah, wieviel er ihr verschweigen konnte. So einsam wurde er da, so groß.

Und an jenem Nachmittag, wie ihr eben wieder die Lider zugefallen waren, schlich er sich leise davon. Er spazierte in den Wald. Die Stille des schwülen Sommernachmittages war überall um ihn. Und nun war es ihm klar, heute konnte es geschehen. Er atmete tief auf, es war ihm so leicht, so frei. Unter dem schweren Schatten der Bäume ging er weiter. Das gedämpfte Tageslicht floß wohltätig über ihn hin. Er empfand alles wie ein Glück, den Schatten, die Ruhe, die weiche Luft. Er genoß es. Es lag kein Schmerz darin, daß er all diese Zärtlichkeit des Lebens verlieren sollte. »Verlieren, verlieren«, sagte er halblaut vor sich hin. Er tat einen tiefen Atemzug, und wie nun der milde Hauch so köstlich und leicht in seine Brust einzog, da konnte er mit einem Male nicht begreifen, daß er überhaupt krank sein sollte. Aber er war ja krank, er war ja verloren. Und plötzlich kam es wie eine Erleuchtung über ihn. Er glaubte nicht daran. Das war es, und darum war ihm so frei und wohl, und darum schien ihm heute die rechte Stunde gekommen. Nicht die Lust am Leben hatte er überwunden, nur die Angst des Todes hatte ihn verlassen, weil er an den Tod nicht mehr glaubte. Er wußte, daß er zu jenen gehörte, die wieder gesund werden. Es war ihm, als wachte in einem verborgenen Winkel seiner Seele irgend etwas Entschlafenes wieder auf. Er hatte das Bedürfnis, die Augen weiter zu öffnen, mit größeren Schritten vorwärts zu gehen, mit tieferen Zügen zu atmen. Der Tag wurde heller und das Leben lebendiger. Das also war es, das war es!? Und warum? Warum mußte er mit einem Male wieder so trunken vor Hoffnung werden? Ach, Hoffnung! Es war mehr als das. Es war Gewißheit. Und heute morgens noch hatte es ihn gequält, hatte es ihm die Kehle zugeschnürt, und jetzt, jetzt war er gesund, er war gesund. Er rief es laut aus: »Gesund!« – Und er stand nun am Ausgang des Waldes. Vor ihm der See in dunkelblauer Glätte. Er ließ sich auf eine Bank nieder, und da saß er mit tiefem Behagen, den Blick aufs Wasser gerichtet. Er dachte nach, wie sonderbar das wäre; die Freude des Genesens hatte ihm die Lust am stolzen Abschied vorgetäuscht.

Ein leichtes Geräusch hinter ihm. Er hatte kaum Zeit, sich umzuwenden. Marie war es. Ihre Augen blinkten, ihr Gesicht war leicht gerötet.

»Was hast du denn?«

»Warum bist du denn weg? Warum hast du mich denn allein gelassen? Ich bin sehr erschrocken.«

»Aber geh«, sagte er und zog sie neben sich nieder. Er lächelte sie an und küßte sie. Sie hatte so warme, volle Lippen. »Komm«, sagte er dann leise und zog sie auf seinen Schoß. Sie schmiegte sich fest an ihn, legte die Arme um seinen Hals. Und sie war schön! Aus ihren blonden Haaren stieg ein schwüler Duft empor, und eine unendliche Zärtlichkeit für dieses schmiegsame, duftende Wesen an seiner Brust stieg in ihm auf. Tränen kamen ihm ins Auge, und er faßte nach ihren Händen, um sie zu küssen. Wie liebte er sie doch!

Vom See her kam ein schwaches, zischendes Geräusch. Sie schauten beide auf, erhoben sich und traten Arm in Arm dem Ufer näher. Das Dampfschiff war in der Ferne zu sehen. Sie ließen es eben nahe genug kommen, um noch die Umrisse der Leute auf dem Verdecke unterscheiden zu können, dann wandten sie sich um und spazierten durch den Wald nach Hause. Sie gingen Arm in Arm, langsam, zuweilen einander zulächelnd. Sie fanden alte Worte wieder, die Worte der ersten Liebestage. Die süßen Fragen zweifelnder Zärtlichkeit gingen zwischen ihnen hin und her, und die innigen Worte schmeichelnder Beruhigung. Und sie waren heiter und waren wieder Kinder, und das Glück war da.

Ein schwerer, glühender Sommer war herangekommen mit heißen, sengenden Tagen, lauen, lüsternen Nächten. Jeder Tag brachte den vorigen, jede Nacht die verwichene zurück; die Zeit stand stille. Und sie waren allein. Nur umeinander kümmerten sie sich, der Wald, der See, das kleine Haus, – das war ihre Welt. Eine wohlige Schwüle hüllte sie ein, in der sie des Denkens vergaßen. Sorglose, lachende Nächte, müde, zärtliche Tage flohen über sie hin.

In einer jener Nächte war es, da brannte die Kerze noch spät, und Marie, die mit offenen Augen dalag, richtete sich im Bette auf. Sie betrachtete das Antlitz ihres Geliebten, über das die Ruhe eines tiefen Schlafes gebreitet war. Sie lauschte seinen Atemzügen. Nun war es ja so viel als gewiß: jede Stunde brachte ihn der Heilung näher. Eine unsägliche Innigkeit erfüllte sie, und sie beugte sich nahe zu ihm herab mit dem Verlangen, den Hauch seines Atems auf ihren Wangen zu fühlen. O, wie schön war es doch zu leben! Und ihr ganzes Leben war er, nur er. Ach, nun hatte sie ihn wieder, sie hatte ihn wieder, und auf immer hatte sie ihn wieder!

Ein Atemzug des Schlafenden, der anders klang als die bisherigen, störte sie auf. Es war ein leises, gepreßtes Stöhnen. Um seine Lippen, die sich ein wenig geöffnet hatten, war ein Zug des Leidens sichtbar geworden, und mit Schrecken gewahrte sie Schweißtropfen auf seiner Stirn. Den Kopf hatte er leicht zur Seite gewendet. Dann aber schlossen sich seine Lippen wieder. Der friedliche Ausdruck des Antlitzes kehrte zurück, und nach ein paar unruhigen Atemzügen wurden auch diese wieder gleichmäßig, fast lautlos. Marie aber fühlte sich plötzlich von einer quälenden Bangigkeit erfaßt. Am liebsten hätte sie ihn aufgeweckt, sich an ihn geschmiegt, seine Wärme, sein Leben, sein Dasein empfunden. Ein seltsames Bewußtsein von Schuld überkam sie, und wie Vermessenheit erschien ihr plötzlich der freudige Glaube an seine Rettung. Und nun wollte sie sich selbst überreden, daß es ja doch kein fester Glaube gewesen, nein, nur eine leise, dankbare Hoffnung, für die sie doch nicht so bitter gestraft werden durfte. Sie gelobte sich's, nicht mehr so gedankenlos glücklich zu sein. Mit einem Male war ihr diese ganze jubelnde Zeit des Taumelns eine Zeit leichtsinniger Sünde geworden, für die sie büßen mußten. Gewiß! Und dann, was sonst Sünde sein mag, war es nicht etwas anderes bei ihnen? Liebe, die vielleicht Wunder zu tun vermochte? Und sind es nicht vielleicht gerade jene letzten süßen Nächte, die ihm die Gesundheit wiedergeben werden?

Ein furchtbares Stöhnen drang aus Felix' Mund. Er hatte sich im Halbschlummer angstvoll mit weiten Augen im Bette aufgerichtet, starrte ins Leere, so daß Marie laut aufschreien mußte. Davon wachte er vollends auf. »Was ist denn, was ist denn?« stieß er hervor. Marie fand keine Worte. »Hast du geschrien, Marie? Ich habe schreien gehört.« Er atmete sehr rasch. »Mir war wie zum Ersticken. Ich hab' auch geträumt, weiß nicht mehr was.«

»Ich bin so sehr erschrocken«, stammelte sie.

»Weißt du, Marie, mir ist jetzt auch kalt.«

»Nun ja«, erwiderte sie, »wenn du böse Träume hast.«

»Ach, was denn«, und er sah mit einem zornigen Blick nach oben. »Fieber hab' ich eben wieder, das ist's.« Seine Zähne schlugen aneinander, er legte sich nieder und zog die Decke über sich.

Sie blickte verzweifelt um sich. »Soll ich dir, willst du –«

»Gar nichts, schlaf nur. Ich bin müde, ich werde auch schlafen. Das Licht laß brennen.« Er schloß die Augen und zog die Decke bis über den Mund. Marie wagte nicht mehr, ihn zu fragen. Sie wußte, wie sehr ihn das Mitleid verbittern konnte, wenn er sich nicht ganz wohl fühlte. Er schlief schon nach wenigen Minuten ein, über sie aber kam kein Schlummer mehr. Bald begannen graue Dämmerstreifen ins Zimmer zu schleichen. Diese ersten, matten Zeichen des nahen Morgens taten Marieen sehr wohl. Ihr war, als käme etwas Befreundetes, Lächelndes sie besuchen. Sie hatte einen sonderbaren Drang, dem Morgen entgegenzugehen. Sie stieg ganz leise aus dem Bett, nahm rasch ihr Morgenkleid um und schlich auf die Terrasse. Der Himmel, die Berge, der See, das schwamm noch alles in ein dunkles, ungewisses Grau zusammen. Es machte ihr ein eigenes

Vergnügen, die Augen ein bißchen anzustrengen, um die Umrisse deutlicher zu erkennen. Sie setzte sich auf den Lehnstuhl und ließ ihre Blicke in den Dämmer tauchen. Ein unsägliches Behagen durchfloß Marie, wie sie in der tiefen Stille des anbrechenden Sommermorgens da heraußen lehnte. Um sie herum war alles so friedlich, so mild und so ewig. Es war so schön, so eine Weile allein zu sein inmitten der großen Stille – weg aus dem engen, dunstigen Zimmer. Und mit einem Male durchzuckte sie die Erkenntnis: sie war gern von seiner Seite aufgestanden, gern war sie da, gern allein!

Den ganzen Tag hindurch kamen ihr die Gedanken der verflossenen Nacht wieder. Nicht mehr so quälend, so unheimlich wie in der Dunkelheit, aber um so deutlicher und zu Entschlüssen bestimmend. Sie faßte vor allem den, die Heftigkeit seiner Liebe so weit als möglich abzuwehren. Sie begriff gar nicht, daß sie die ganze Zeit über nicht daran gedacht. Ach, sie wollte so milde, so klug sein, daß es nicht wie Abwehr, daß es nur wie eine neue, bessere Liebe aussehen sollte.

Aber sie brauchte nicht besonders viel Klugheit und Milde. Seit jener Nacht schien aller Sturm der Leidenschaft von ihm verraucht; er selbst behandelte Marie mit einer müden Zärtlichkeit, welche sie anfangs beruhigte und endlich befremdete. Er las viel während der Tage oder schien auch nur zu lesen, denn oft genug konnte sie bemerken, wie er über das Buch hinaus ins Weite schaute. Ihr Gespräch berührte tausend alltägliche Dinge und nichts von Bedeutung, aber ohne daß Marie den Eindruck gewann, als zöge er sie nicht mehr in das Geheimnis seiner Gedanken. Es kam alles ganz selbstverständlich, als wäre all dies Halblaute, Gleichgültige in seinem Wesen nur die heitere Mattigkeit des Genesenden. Des Morgens blieb er lange liegen, während sie die Gewohnheit angenommen hatte, beim ersten Grauen des Tages ins Freie zu eilen. Da blieb sie entweder auf der Terrasse sitzen, oder sie begab sich auf den See hinunter und ließ sich da in einem Kahne, ohne sich vom Ufer zu entfernen, von den leichtbewegten Wellen schaukeln. Zuweilen ging sie im Walde spazieren, und so kam sie gewöhnlich schon von einem kleinen Morgenausfluge zurück, wenn sie ins Zimmer trat, ihn aufzuwecken. Sie freute sich über seinen gesunden Schlaf, den sie als gutes Zeichen ansah. Sie wußte nicht, wie oft er das Nachts erwachte, und sah nicht den Blick voll unendlicher Trauer, der auf ihr ruhte, während sie in den tiefen Schlummer gesunder Jugend versunken war.

Einmal war sie des Morgens wieder in den Kahn gestiegen, und die Frühe sprühte ihre ersten goldenen Funken über den See hin. Da wurde sie von der Lust erfaßt, sich einmal weiter hinaus in das blitzende, helle Wasser zu wagen. Sie fuhr eine gute Strecke weit, und da sie recht ungeübt im Rudern war, strengte sie sich übermäßig an, was ihre Freude an der Fahrt noch vermehrte. Auch in so früher Stunde konnte man nun nicht mehr ganz einsam auf dem Wasser sein. Einzelne Kähne begegneten Marieen, und sie glaubte zu bemerken, daß manche nicht ohne Absicht näher an ihren heranfuhren. Ein kleines, elegantes Kielboot, in welchem zwei junge Herren die Ruder führten, fuhr sehr rasch hart an ihr vorüber. Die Herren zogen die Ruder ein, lüfteten die Mützen und grüßten höflich und lächelnd.

Marie sah die beiden groß an und sagte ein gedankenloses »Guten Morgen«. Dann schaute sie sich nach den beiden jungen Leuten um, ohne sich dessen recht bewußt zu werden. Auch jene hatten sich wieder umgewandt und grüßten nochmals. Da kam es ihr plötzlich zum Bewußtsein, daß sie etwas Unrechtes getan, und so rasch sie nur mit ihrer geringen Kunst vermochte, ruderte sie ihrem Wohnhaus zu. Sie brauchte fast eine halbe Stunde zur Rückfahrt, kam erhitzt und mit aufgelösten Haaren an. Schon vom Wasser aus hatte sie Felix auf der Terrasse sitzen gesehen, und sie stürmte nun eilig in die Wohnung. Und ganz verwirrt, als wäre sie sich einer Schuld bewußt, eilte sie auf den Balkon, umfaßte Felix von rückwärts und fragte scherzend, überlustig: »Wer ist's?«

Er machte sich langsam von ihr los und sah sie ruhig von der Seite an. »Was hast du denn? Was bist du denn gar so lustig?«

»Weil ich dich wieder hab'.«

»Was bist du denn so erhitzt? Du glühst ja!«

»Ach Gott! Ich bin so froh, so froh, so froh!« Sie schob übermütig den Plaid von seinen Knieen weg und setzte sich auf seinen Schoß.

Sie ärgerte sich über ihre Verlegenheit, dann über sein verdrossenes Gesicht und küßte ihn auf die Lippen.

»Worüber bist du denn gar so froh?«

»Hab' ich denn keinen Grund? Ich bin so glücklich, daß« – sie stockte und fuhr dann fort – »daß es von dir genommen ist.«

»Was?« Es war etwas wie Mißtrauen in seiner Frage.

Sie mußte nun immer weiter reden. Da half nichts mehr. »Nun, die Furcht.«

»Die Furcht vor dem Tode?« meinst du.

»Sprich's doch nicht aus!«

»Warum sagst du, von mir genommen? Doch wohl auch von *dir*, nicht wahr?« Und dabei nahm sein Blick etwas Forschendes, beinahe Boshaftes an. Und wie sie, statt zu antworten, mit den Händen in seinen Haaren herumwühlte und ihren Mund seiner Stirn näherte, neigte er seinen Kopf ein wenig zurück und fuhr fort, erbarmungslos, kalt: »Es war zum mindesten – einmal deine Absicht? Mein Schicksal sollte ja das deine sein?«

»Es wird ja auch«, fiel sie lebhaft und heiter ein.

»Nein, es wird nicht«, unterbrach er sie ernst. »Was lullen wir uns denn ein? ›Es‹ ist nicht von mir genommen. ›Es‹ kommt immer näher, ich spüre es.«

»Aber –« Sie hatte sich unmerklich von ihm entfernt und lehnte nun am Geländer der Terrasse. Er stand auf und ging hin und her.

»Ja, ich spüre es. Es ist immerhin eine Verpflichtung, dir das mitzuteilen. Wenn es plötzlich für dich käme, würde es dich wahrscheinlich allzu heftig erschrecken. Darum erinnere ich dich daran, daß beinahe ein Viertel meiner Frist um ist. Vielleicht rede ich es mir auch nur ein, daß ich dir's sagen muß, – und nur die Feigheit veranlaßt mich dazu.«

»Bist du bös«, sagte sie ganz ängstlich, »daß ich dich allein gelassen?«

»Unsinn!« erwiderte er rasch. »*Heiter* könnt' ich dich ja sehen, ich selbst werde – wie ich mich nun kenne – den gewissen Tag in Heiterkeit erwarten. Aber deine *Lustigkeit*, aufrichtig gesagt, die vertrag' ich nicht recht. Ich stelle es dir daher frei, dein Schicksal schon innerhalb der nächsten Tage von dem meinen zu trennen.«

»Felix!« – Sie hielt den Auf- und Niedergehenden mit beiden Armen zurück. Er machte sich wieder los.

»Die erbärmlichste Zeit bricht an. Bis jetzt war ich der interessante Kranke. Ein bißchen blaß, ein bißchen hüstelnd, ein bißchen melancholisch. Das kann ja einem Weibe noch so ziemlich gefallen. Was aber nun kommt, mein Kind, erspare dir lieber! Es könnte deine Erinnerung an mich vergiften.«

Sie suchte vergebens nach einer Antwort. Ganz hilflos starrte sie ihn an.

»Es ist schwer, das anzunehmen, denkst du dir! Es sähe lieblos, am Ende sogar gemein aus. Ich erkläre dir hiermit, daß davon keine Rede sein kann, daß du vielmehr mir und meiner Eitelkeit einen ganz besonderen Dienst erweisest, wenn du meinen Vorschlag annimmst. Denn das wenigstens will ich, daß du mit Schmerzen an mich zurückdenkst, daß du mir echte Tränen nachweinst. Aber was ich nicht will, daß du Tage und Nächte lang über mein Bett gebeugt dasitzt mit dem Gedanken: wäre es nur schon vorbei, nachdem es ja doch einmal vorbei sein muß, und daß du dich als eine Erlöste fühlst, wenn ich von dir scheide.«

Sie rang nach irgendeinem Wort. Endlich stieß sie hervor: »Ich bleibe bei dir, ewig.«

Er achtete nicht darauf. »Wir wollen nicht weiter davon reden. In acht Tagen – denk' ich – fahr' ich nach Wien. Ich möchte doch noch mancherlei ordnen. Bevor wir dies Haus verlassen, werd' ich noch einmal meine Frage – nein, meine Bitte an dich richten.«

»Felix! Ich –!«

Er unterbrach sie heftig. »Ich verbiete dir, noch ein Wort über dieses Thema bis zu der von mir bestimmten Zeit zu verlieren.«

Er verließ den Balkon und wandte sich dem Zimmer zu. Sie wollte ihm folgen. »Laß mich jetzt«, sagte er ganz milde, »ich will ein wenig allein sein.«

Sie blieb auf dem Balkon zurück und starrte tränenlos auf die glitzernde Wasserfläche. Felix war ins Schlafzimmer gegangen und hatte sich dort auf sein Bett geworfen. Er schaute lange zur Decke hinauf. Dann biß er die Lippen zusammen, ballte die Fäuste. Dann flüsterte er mit einer höhnischen Bewegung der Lippen: »Ergebung! Ergebung!« –

Von dieser Stunde an war etwas Fremdes zwischen sie gekommen und zugleich ein nervöses Bedürfnis, viel miteinander zu sprechen. Sie behandelten die alltäglichen Dinge mit großer Weitschweifigkeit. Es wurde ihnen immer ängstlich, wenn sie zu reden aufhörten. Woher die grauen Wolken kämen, die sich dort über die Berge legten, was man morgen für Wetter erwarten dürfte, warum das Wasser zu verschiedenen Tageszeiten verschiedene Farben zeigte, darüber gab es lange Unterhaltungen. Wenn sie spazierengingen, verließen sie öfter als bisher den engen Umkreis ihres Hauses und nahmen den Weg dem bewohnteren Ufer zu. Da ergab sich mancherlei Gelegenheit zu Bemerkungen über die Leute, die ihnen begegneten. Wenn es sich traf, daß junge Männer ihnen entgegenkamen, so war Marie in ihrem Benehmen von besonderer Zurückhaltung, und wenn Felix irgendein Wort über das Sommerkostüm irgendeines Ruder-Sportman oder Alpinisten fallen ließ, ging sie wohl auch in kaum bewußter Unaufrichtigkeit so weit, zu erwidern, daß sie die Leute gar nicht gesehen, und ließ sich nur mit Mühe dazu bewegen, sie bei neuerlicher Begegnung aufmerksam zu betrachten. Der Blick, mit dem sie sich bei solcher Gelegenheit gestreift fühlte, war ihr peinlich. Dann geschah es wieder, daß sie viertelstundenlang schweigsam nebeneinander hergingen. Manchmal saßen sie auch wortlos auf ihrem Balkon beisammen, bis Marie häufig genug, aber ohne die Absichtlichkeit verbergen zu können, auf das Auskunftsmittel geriet, ihm aus der Zeitung vorzulesen. Auch wenn sie merkte, daß er nicht mehr zuhörte, las sie weiter, froh über den Ton ihrer Stimme, froh, daß es nur überhaupt nicht ganz still zwischen ihnen war. Und doch, trotz aller dieser aufreibenden Mühe waren sie beide nur mit ihren eigenen Gedanken beschäftigt.

Felix gestand sich ein, daß er neulich Marie gegenüber eine lächerliche Komödie gespielt. Wäre es ihm ernst gewesen mit jenem Wunsch, ihr das kommende Elend zu ersparen, so hätte er wohl am besten getan, einfach von ihrer Seite zu verschwinden. Es hätte sich schon ein stilles Plätzchen finden lassen, um dort in Ruhe zu sterben. Er wunderte sich selbst, daß er diese Dinge mit völligem Gleichmute überlegte. Als er aber begann, ernstlich über die Ausführung dieses Planes nachzudenken, als er in einer fürchterlich langen, durchwachten Nacht die Einzelheiten der Ausführung vor seine Seele brachte: wie er im nächsten Morgengrauen auf und davon wollte, ohne Abschied, in die Einsamkeit und in den nahen Tod und sie zurücklassen inmitten des sonnigen, lachenden und für ihn verlorenen Lebens, da fühlte er seine ganze Ohnmacht, fühlte tief, daß er es nicht konnte, nimmer können würde. Was also, was? Der Tag kommt ja, unerbittlich, immer näher kommt er heran, wo er davon und sie zurücklassen muß. Sein ganzes Dasein ist ja ein Erwarten dieses Tages, nichts anderes als eine qualvolle Frist, ärger als der Tod selbst. Wenn er nur nicht von Jugend auf gelernt hätte, sich selbst zu beobachten. Alle Zeichen seiner Krankheit hätten sich ja noch übersehen oder doch gering achten lassen. Sein Gedächtnis rief ihm das Bild von Leuten zurück, die er gekannt, an denen dieselbe Todeskrankheit gezehrt hatte wie an ihm, und die noch wenige Wochen vor ihrem Tode heiter und hoffnungsfreudig der Zukunft entgegengeblickt hatten. Wie verfluchte er die Stunde, da ihn seine Ungewißheit zu jenem Arzte geführt, dem er so lange mit Lügen und falscher Würde zugesetzt, bis ihm die volle, unerbittliche Wahrheit geworden. Und so lag er nun da, ein hundertfach Verdammter, nicht besser daran als ein Verurteilter, dem jeden Morgen der Henker nahen kann, ihn auf den Richtplatz zu führen, und er begriff, daß er sich doch eigentlich keinen Augenblick über den ganzen Schrecken seiner Existenz klar zu werden vermochte. In irgendeinem Winkel seines Herzens lauerte tückisch und schmeichlerisch die Hoffnung, die ihn nie völlig verlassen wollte. Aber seine Vernunft war stärker, und die gab ihm einen klaren und kalten Rat, gab ihn wieder und immer wieder, und er hörte es zehn- und hundert- und tausendmal in den endlosen Nächten, die er wachlag, und in den eintönigen Tagen, die doch allzu schnell verstrichen, daß es nur einen Ausweg und eine Rettung für ihn gäbe: nicht mehr warten, keine Stunde, keine Sekunde mehr, selber ein Ende machen; –

das wäre minder kläglich. Und es war ja fast ein Trost, daß es keinen Zwang gab, zu warten. In jedem Augenblicke, wenn er nur wollte, konnte er ein Ende machen.

Aber sie, sie! Bei Tage insbesondere, wenn sie neben ihm einherging, oder wenn sie ihm vorlas, da war es ihm oft, als wäre es gar nicht so schwer, von diesem Geschöpfe zu scheiden. Sie war ihm nicht mehr als ein Teil des Daseins überhaupt. Sie gehörte zum Leben ringsherum, das er nun doch einmal lassen mußte, nicht zu ihm. In anderen Momenten aber, ganz besonders nachts, wenn sie tief schlafend mit schwer geschlossenen Lidern in ihrer Jugendschönheit neben ihm ruhte, da liebte er sie grenzenlos, und je ruhiger sie schlief, je weltabgeschiedener ihr Schlummer, je ferner ihre träumende Seele seinen wachen Qualen schien, um so wahnsinniger betete er sie an. Und einmal, es war in der Nacht, bevor sie den See verlassen sollten, überkam ihn eine kaum bezwingbare Lust, sie aus diesem köstlichen Schlafe, der ihm eine hämische Untreue dünkte, aufzurütteln und ihr ins Ohr zu schreien: »Wenn du mich lieb hast, stirb mit mir, stirb jetzt.« Aber er ließ sie weiter schlummern, morgen wollte er ihr's sagen, morgen, – vielleicht.

Öfter, als er ahnte, hatte sie in jenen Nächten seine Augen auf sich gefühlt. Öfter, als er ahnte, spielte sie die Schlafende, weil eine lähmende Angst sie davon abhielt, die Lider, zwischen denen sie zuweilen in das Halbdunkel des Schlafzimmers und auf seine im Bette aufrecht sitzende Gestalt blinzelte, vollends zu öffnen. Die Erinnerung an jene letzte, ernste Unterredung wollte sie nicht verlassen, und sie zitterte vor dem Tage, wo er die Frage wieder an sie richten wollte. Warum nur zitterte sie davor? Stand doch die Antwort so klar vor ihr. Bei ihm ausharren bis zur letzten Sekunde, nicht von seiner Seite weichen, ihm jeden Seufzer von den Lippen, jede Schmerzensträne von den Wimpern küssen! Zweifelte er denn an ihr? War eine andere Antwort möglich? Wie? Welche? Etwa die: »Du hast recht, ich will dich verlassen. Ich will nur die Erinnerung an den interessanten Kranken bei mir bewahren. Ich lasse dich nun allein, um dein Gedächtnis besser lieben zu können«? Und dann? Unwiderstehlich zwang es sie, alles auszudenken, was nach dieser Antwort kommen mußte. Sie sieht ihn vor sich, kühl, lächelnd. Er streckt ihr die Hand entgegen und sagt: »Ich danke dir.« Dann wendet er sich von ihr ab, und sie eilt davon. Ein Sommermorgen ist es, glänzend in tausend erwachenden Freuden. Und immer weiter in die goldene Frühe eilt sie, nur um möglichst rasch von ihm wegzukommen. Und mit einem Male ist aller Bann von ihr getan. Sie ist wieder allein, sie ist des Mitleids ledig. Sie spürt nicht mehr den traurigen, den fragenden, den sterbenden Blick auf sich ruhen, der sie die ganzen letzten Monate so fürchterlich gepeinigt hat. Sie gehört der Freude, dem Leben, sie darf wieder jung sein. Sie eilt davon, und der Morgenwind flattert ihr lachend nach.

Und wie doppelt elend kam sie sich vor, wenn dieses Bild ihrer wirren Träume wieder untertauchte! Sie litt darunter, daß es überhaupt erschienen war.

Und wie das Mitleid mit ihm an ihrem Herzen nagte, wie sie schauderte, wenn sie seines Wissens, seiner Hoffnungslosigkeit dachte! Und wie sie ihn liebte, wie sie ihn immer inniger liebte, je näher der Tag kam, wo sie ihn verlieren mußte. Ach, es konnte ja kein Zweifel sein, wie ihre Antwort lauten würde. An seiner Seite ausharren, mit ihm leiden, wie wenig war das! Ihn das Sterben erwarten sehen, diese monatelange Todesangst mit ihm durchkosten, alles das war wenig. Sie will mehr für ihn tun, das Beste, das Höchste. Wenn sie ihm verspräche, sich auf seinem Grabe zu töten, so ginge er mit dem Zweifel dahin, ob sie wirklich es auch tun würde. Mit ihm, nein – vor ihm will sie sterben. Wenn er die Frage an sie richten wird, so wird sie die Kraft haben, zu sagen: »Machen wir der Pein ein Ende! Sterben wir zusammen, und sterben wir gleich!« Und während sie sich an dieser Idee berauschte, erschien ihr jenes Weib, dessen Bild sie eben noch gesehen, – das durch die Felder eilte, vom kosenden Morgenwind umspielt, hinstürmend, dem Leben und der Freude entgegen, und das sie selbst war, – erbärmlich und gemein.

Der Tag, an welchem sie abreisen wollten, brach an. Ein wunderbar milder Morgen, als kehrte der Frühling wieder. Marie saß schon auf der Terrasse, und das Frühstück war bereit, als Felix aus dem Wohnzimmer trat. Er atmete tief auf. »Ah, ist das ein herrlicher Tag!« –

»Nicht wahr?«

»Ich will dir was sagen, Marie!«

»Was?« Und rasch setzte sie fort, als wollte sie ihm die Antwort vom Munde nehmen: »Wir bleiben noch hier?«

»Das nicht, aber wir wollen nicht gleich nach Wien zurück. Ich befinde mich heute nicht übel, gar nicht so übel. Wir wollen uns noch irgendwo auf dem Wege aufhalten.«

»Wie du willst, mein Schatz.« Ihr wurde mit einem Male innerlich so wohl, wie lange nicht. So unbefangen hatte er die ganze Wochen über nicht gesprochen.

»Ich denke, Kind, wir halten uns in Salzburg auf.«

»Ganz, wie du willst.«

»Nach Wien kommen wir noch früh genug, wie? Auch ist mir die Eisenbahnfahrt zu lang.«

»Nun ja«, meinte Marie lebhaft, »wir haben ja auch keine Eile.«

»Nicht wahr, Miez, es ist alles gepackt?«

»Aber längst, wir können auf der Stelle weg.«

»Ich denke, wir fahren mit dem Wagen. Eine Fahrt von vier bis fünf Stunden, und viel angenehmer als mit der Bahn. Da liegt immer noch in den Coupés die Hitze von gestern.«

»Ganz, wie du willst, mein Schatz.« Sie forderte ihn auf, sein Glas Milch zu trinken, und dann machte sie ihn auf den schönen, silbernen Schimmer aufmerksam, der auf den Kämmen der Wellen spielte. Sie sprach viel und überlustig. Er antwortete freundlich und harmlos. Endlich erbot sie sich, den Wagen zu bestellen, mit dem sie mittags nach Salzburg fahren wollten. Er nahm lächelnd an, sie setzte rasch den breiten Strohhut auf, küßte Felix ein paarmal auf den Mund und lief dann auf die Straße.

Er hatte nicht gefragt – und er wird auch nicht fragen. Das stand deutlich auf seiner heiteren Stirne. Es lag auch heute nichts Lauerndes in seiner Freundlichkeit wie sonst zuweilen, wenn er ein harmloses Gespräch so recht absichtlich mit einem bösen Wort zerschnitt. Wenn so etwas kommen sollte, hatte sie's immer früher gewußt, und nun war ihr, als hätte er ihr eine große Gnade erwiesen. In seiner Milde war etwas Schenkendes und Versöhnendes gewesen.

Als sie auf den Balkon zurückkehrte, fand sie ihn, die Zeitung lesend, die während ihres Fortseins angelangt war.

»Marie«, rief er, indem er sie mit den Augen näher heranwinkte, »etwas Sonderbares, etwas Sonderbares.«

»Was denn?«

»Lies doch! – Der Mann – na, der Professor Bernard ist gestorben.«

»Wer?«

»Der – nun der, bei dem ich – ach der, der mir so trübe Aussichten gestellt hat.«

Sie nahm ihm die Zeitung aus der Hand. »Wie, der Professor Bernard?« Auf den Lippen lag ihr: »Geschieht ihm schon recht!« aber sie sprach es nicht aus. Beiden war es zumute, als hätte dieses Ereignis für sie eine große Bedeutung. Ja, er, der mit der ganzen vorlauten Weisheit seiner unerschütterlichen Gesundheit dem Hilfesuchenden jede Hoffnung genommen, nun war er selbst in ein paar Tagen hingerafft worden. In diesem Augenblick erst fühlte Felix, wie er diesen Mann gehaßt, – und daß ihn die Rache des Geschicks ereilt, schien dem Kranken eine Vorbedeutung günstigster Art. Es war ihm, als wiche ein unheilvolles Gespenst aus seinem Kreise. Marie warf das Zeitungsblatt hin und sagte: »Ja, was wissen wir Menschen von der Zukunft?«

Er griff das Wort begierig auf. »Was wissen wir von morgen? Wir wissen nichts, nichts!« Nach einer kurzen Pause sprang er plötzlich auf einen anderen Gegenstand über. »Du hast den Wagen bestellt?«

»Ja«, sagte sie, »für elf Uhr.«

»Dann könnten wir ja vorher noch ein bißchen hinaus aufs Wasser, wie?« Sie nahm seinen Arm, und beide spazierten zur Schiffshütte hin. Sie hatten das Gefühl, als wäre ihnen eine wohlverdiente Genugtuung geworden.

Am Spätnachmittage fuhren sie in Salzburg ein. Zu ihrer Verwunderung fanden sie die meisten Häuser der Stadt beflaggt; die Leute, die ihnen begegneten, waren im Festkleide, einzelne waren mit Kokarden geschmückt. Im Hotel, in welchem sie abstiegen und ein Zimmer mit der Aussicht auf den Mönchsberg nahmen, klärte man sie auf, daß in der Stadt ein großes Sängerfest abgehalten werde, und bot ihnen Karten zu dem Konzert an, das um acht Uhr im Kurparke bei großartiger Beleuchtung stattfinden sollte. Ihr Zimmer war im ersten Stock gelegen, unter ihrem Fenster floß die Salzach vorbei. Sie hatten beide auf der Herfahrt viel geschlummert und fühlten sich so frisch, daß sie nur kurze Zeit zu Hause blieben und sich noch vor Anbruch der Dämmerung wieder auf die Straße hinunter begaben.

Durch die ganze Stadt ging eine freudige Bewegung. Die Einwohner der Stadt schienen fast alle auf der Straße zu sein, die Sänger, mit ihren Abzeichen geschmückt, spazierten in fröhlichen Gruppen unter ihnen. Auch viele Fremde waren zu sehen, und selbst aus den Dörfern ringsum war ein Zufluß von Gästen gekommen, die im bäuerischen Sonntagsstaat sich zwischen den anderen hin und her schoben. Von den Giebeln wehten Flaggen in den Farben der Stadt, in den Hauptstraßen standen Triumphpforten mit Blumen geschmückt, durch alle Gassen wogte der unruhige Menschenstrom, und über ihm in behaglicher Milde flutete ein duftiger Sommerabend hin.

Vom Ufer der Salzach aus, wo eine wohlige Stille sie umgeben, waren Felix und Marie in das bewegte Treiben der Stadt geraten, und nachdem sie eine so einförmige Zeit an ihrem ruhigen See hingebracht hatten, machte sie das ungewohnte Geräusch beinahe wirr. Aber bald hatten sie die Überlegenheit der erfahrenen Großstädter gewonnen und konnten das ganze Treiben unbefangen auf sich wirken lassen. Felix wurde von der Fröhlichkeit der Masse – wie auch in früherer Zeit – nicht sehr angenehm berührt. Marie aber schien sich bald wohl zu fühlen, und wie ein Kind blieb sie bald stehen, um ein paar Weibern in Salzburger Tracht, dann wieder um einigen hochgewachsenen, mit Schärpen geschmückten Sängern nachzusehen, die an ihnen vorüberschlenderten. Manchmal schaute sie auch in die Höhe und bewunderte die besonders prächtige Dekoration irgendeines Gebäudes. An Felix, der ziemlich teilnahmslos an ihrer Seite dahinschritt, wandte sie sich zuweilen mit einem lebhaften »Sieh doch, wie hübsch«, ohne eine andere Antwort zu erhalten als ein stummes Kopfnicken.

»Nun sag aber im Ernst«, meinte sie endlich, »haben wir's nicht wirklich gut getroffen?«

Er sah sie mit einem Blick an, aus dem sie nicht recht klug werden konnte. Endlich sprach er: »Du möchtest wohl auch am liebsten in den Kurpark zum Konzert?«

Sie lächelte nur. Dann erwiderte sie: »Na, wir dürfen nicht gleich anfangen zu lumpen.«

Ihn ärgerte dieses Lächeln. »Du wärest wirklich imstande, das von mir zu verlangen!«

»Aber was fällt dir ein!« sagte sie ganz erschreckt und hatte die Augen gleich wieder auf der andern Seite der Gasse, wo eben ein elegantes und hübsches Paar, allem Anschein nach Hochzeitsreisende, in lächelndem Gespräch vorüberging. Marie spazierte neben Felix einher, aber ohne seinen Arm zu nehmen. Nicht selten wurden sie durch die Menschenflut auf Sekunden getrennt, und dann fand sie ihn wieder, wie er an den Mauern der Häuser weiterschlich in einem offenbaren Widerwillen, mit allen diesen Leuten in eine nähere Berührung zu kommen. Indessen wurde es dunkler, die Lichter in den Straßenlaternen brannten, und an einzelnen Stellen der Stadt, insbesondere den Triumphbogen entlang, hatte man farbige Lampions angebracht. Der Hauptzug der Menschen nahm nun die Richtung gegen das Kurhaus. Die Stunde des Konzerts nahte. Anfangs wurden Felix und Marie mitgezogen, dann nahm er plötzlich ihren Arm, und durch eine engere Seitengasse abbiegend, waren sie bald in einen stilleren, auch weniger hell erleuchteten Teil der Stadt gelangt. Nach ein paar Minuten schweigenden Weiterwanderns befanden sie sich an einer ganz verlorenen Partie des Salzach-Ufers, wo das Rauschen des Flusses eintönig zu ihnen heraufdrang.

»Was wollen wir denn da?« fragte sie.

»Ruhe«, sagte er fast gebieterisch. Und als sie nichts darauf erwiderte, fuhr er im Tone nervöser Gereiztheit fort: »Wir gehören nicht dorthin. Für uns sind nicht mehr die bunten Lichter und die singende Fröhlichkeit und die Menschen, die lachen und jung sind. *Hier* ist der Platz für uns, wo von dem Jubel nichts herklingt, wo wir einsam sind; hier gehören wir her«, und dann aus dem gepreßten

Tone wieder in den eines kalten Hohnes verfallend: – »Ich wenigstens.«

Wie er das aussprach, fühlte sie, daß sie nicht so tief gerührt war als sonst. Aber sie erklärte sich das; sie hatte es nun oft gehört, und dann übertrieb er ja offenbar. – Und sie antwortete ihm im Tone versöhnlicher Milde: »Das verdien' ich nicht, nein.«

Er darauf, wie schon so oft, hämisch: »Entschuldige.« Sie sprach weiter, indem sie seinen Arm faßte und fest an sich drückte: »Und wir *beide* gehören nicht hierher.«

»Ja!« schrie er beinahe.

»Nein«, antwortete sie sanft. »Ich will ja *auch* nicht zurück ins Menschengewühl. Mir wäre das gerade so zuwider wie dir. Aber was haben wir denn für einen Grund zu fliehen, als wären wir Ausgestoßene?«

In diesem Augenblick schallte der volle Orchesterklang durch die reine, windstille Luft zu ihnen herüber. Fast Ton für Ton konnte man deutlich vernehmen. Es waren feierliche Posaunenstöße, eine Fest-Ouvertüre, die offenbar das Konzert einzuleiten bestimmt war.

»Gehen wir«, sagte Felix plötzlich, nachdem er eine Weile mit ihr stehen geblieben war und zugehört hatte. »Musik aus der Ferne, das macht mich trauriger als irgend etwas anderes auf der Welt.«

»Ja«, stimmte sie bei, »es klingt sehr melancholisch.«

Sie gingen rasch der Stadt zu. Hier hörte man die Musik weniger deutlich als unten beim Flußufer, und wie sie wieder in den erleuchteten, menschenbelebten Straßen waren, fühlte Marie die alte Zärtlichkeit des Mitleids für den Geliebten wiederkehren. Sie verstand ihn wieder, und sie verzieh ihm alles. »Wollen wir nach Hause?« fragte sie.

»Nein, wozu denn, bist du schläfrig?«

»O nein!«

»Wir wollen doch noch ein wenig im Freien bleiben, ja?«

»Sehr gerne, – wie du willst. – Ob es nur nicht zu kühl ist?«

»Es ist ja schwül. Es ist ja geradezu heiß«, erwiderte er nervös, »wir wollen im Freien nachtmahlen.«

»Sehr gerne.«

Sie kamen in die Nähe des Kurparkes. Das Orchester hatte sein einleitendes Stück beendet, und man hörte nun aus dem taghell erleuchteten Park das hundertfältige Geräusch von einer plaudernden und vergnügten Menge. Einzelne Leute, die noch zum Konzert wollten, eilten vorbei. Auch zwei Sänger, die sich verspätet hatten, streiften sehr rasch an ihnen vorüber. Marie sah ihnen nach und gleich darauf, nicht ohne Ängstlichkeit, als hätte sie ein Vergehen gutzumachen, auf Felix. Der nagte an den Lippen, und auf seiner Stirne lag ein mühsam zurückgedrängter Zorn. Sie glaubte, er müßte nun etwas sagen, aber er schwieg. Und von ihr weg wandte sich sein verdüsterter Blick wieder jenen zwei Männern zu, die eben am Eingang des Parkes verschwanden. Er wußte, was er empfand. Hier vor ihm schritt, was er am tödlichsten haßte. Ein Stück von dem, was noch hier sein wird, wenn er nicht mehr ist, etwas, das noch jung und lebendig sein und lachen wird, wenn er nicht mehr lachen und weinen kann. Und auch neben ihm, jetzt im Schuldbewußtsein heftiger als früher an seinen Arm gepreßt, ging so ein Stück lachender, lebendiger Jugend, das diese Verwandtschaft unbewußt empfand. Und er wußte es, und es wühlte mit rasender Pein in ihm. Lange Sekunden sprachen sie beide nichts. Endlich kam aus seinem Munde ein tiefer Seufzer. Sie wollte sein Gesicht sehen, aber er hatte es abgewandt. Mit einem Male sagte er: »Hier wär' es ganz gut.« Sie wußte anfangs nicht, was er meinte. »Was?«

Sie standen vor einem Garten-Restaurant, ganz nahe dem Kurparke, mit hohen Bäumen, die ihre Wipfel über die weißgedeckten Tische breiteten, und spärlich brennenden Laternen. Hier war es heute nur schwach besucht. Sie hatten reichlich Auswahl unter den Plätzen und ließen sich endlich in einem Winkel des Gartens nieder. Im ganzen waren kaum zwanzig Leute da. Ganz in ihrer Nähe saß das junge, elegante Paar, dem sie heute bereits einmal begegnet waren. Marie erkannte es sofort. Im Parke drüben setzte der Chor ein. Etwas abgeschwächt, aber in vollendetem Wohllaute drangen die Stimmen zu ihnen herüber, und es war, als bewegten sich die Blätter der Bäume, über die der mächtige Schall fröhlicher Stimmen hinstrich. Felix hatte einen guten Rheinwein auftragen lassen, und mit halbgeschlossenen Lidern saß er da, die Tropfen auf der Zunge zergehen lassend, dem Zauber der Musik hingegeben, ohne Gedanken, woher sie kam. Marie war nahe zu ihm gerückt, und er spürte die Wärme ihres Kniees neben dem seinen. Nach der furchtbaren Erregung der letzten Augenblicke war mit einem Male eine wohltuende Gleichgültigkeit über ihn gekommen, und er freute sich, daß er es durch seinen Willen dazu gebracht hatte, so gleichgültig zu sein. Denn gleich, wie sie sich an den Tisch gesetzt hatten, war er zu dem festen Entschlusse gekommen, seinen stechenden Schmerz zu überwinden. Er war zu abgespannt, näher zu untersuchen, wieviel sein Wille zu dieser Überwindung beigetragen. Jetzt aber beschwichtigten ihn manche Erwägungen: daß er jenen Blick Marieens schlimmer gedeutet, als er verdient, daß sie irgendwen anderen vielleicht nicht anders angeschaut hätte und nun das fremde Paar am benachbarten Tische auch nicht anders betrachtete als früher jene Sänger.

Der Wein war gut, schmeichelnd klang die Musik herüber, der Sommerabend war berauschend mild, und wie Felix zu Marie hinüberschaute, sah er aus ihren Augen einen Schein unendlicher Güte und Liebe strahlen. Und er wollte sich mit seinem ganzen Wesen in den gegenwärtigen Moment versenken. Er stellte eine letzte Aufforderung an seinen Willen, von allem befreit zu sein, was Vergangenheit und Zukunft war. Er wollte glücklich sein oder wenigstens trunken. Und plötzlich, ganz unvermutet, kam ihm eine ganz neue Empfindung, die etwas wunderbar Befreiendes für ihn hatte; daß es ihm nämlich kaum einen Entschluß kosten würde, sich das Leben zu nehmen. Ja, jetzt gleich. Und das stände ihm ja immer frei; solche Stimmung wie die jetzige fände sich bald. Musik und ein leichtes Trunkensein, und so ein süßes Mädel an der Seite – ach ja, es war Marie. Er überlegte. Irgendeine andere wäre ihm nun vielleicht geradeso lieb gewesen. Auch sie schlürfte mit viel Behagen von dem Weine. Felix mußte bald eine neue Flasche bestellen. Er war so zufrieden wie lange nicht. Er erläuterte sich selbst, daß im Grunde alles das auf das bißchen Alkohol über seine Gewohnheit zurückzuführen war. Aber was verschlug es? Wenn es nur überhaupt so was gab. Wahrhaftig, der Tod hatte keine Schrecken mehr für ihn. Ach, alles war so einerlei. »Was, Miez?« sagte er.

Sie schmiegte sich an ihn.

»Was willst du denn wissen?«

»So einerlei ist alles! Nicht?«

»Ja, alles«, erwiderte sie, »außer daß ich dich lieb hab' in alle Ewigkeit.«

Es kam ihm ganz sonderbar vor, wie sie das jetzt so ernsthaft sagte. Ihre Persönlichkeit war ihm beinahe gleichgültig. Sie floß mit allem anderen zusammen. Ja, so war es recht, so mußte man überhaupt die Dinge behandeln. Ach nein, es ist nicht der Wein, der ihm das vorzaubert, der Wein nimmt nur irgend etwas von uns weg, das uns sonst schwerfällig und feig macht; – er nimmt die Wichtigkeit von den Dingen und Menschen. Da, jetzt ein kleines weißes Pulver und da hinein ins Glas – wie einfach wäre das! Und dabei spürte er, wie ihm ein paar Tränen ins Auge kamen. Er war ein wenig gerührt über sich.

Drüben der Chor endete. Nun hörte man den Applaus herüberklingen und Bravo-Rufe, dann ein gedämpftes Lärmen, und bald setzte das Orchester wieder ein mit der feierlichen Heiterkeit einer Polonaise. Felix schlug mit der Hand den Takt dazu. Es fuhr durch seinen Kopf: »Ach, das bißchen Leben noch, ich will es leben, so gut ich kann.« Aber es wohnte dieser Idee nichts Schauriges inne, eher etwas Stolzes, Königliches. Wie? Ängstlich den letzten Atemzug erwarten, der ja doch jedem bestimmt ist? Die Tage und Nächte sich vergällen mit schalen Grübeleien, wo er es ja bis ins innerste Mark fühlt, daß er noch für alle Genüsse reif und kräftig ist, wo er fühlt, daß ihn die Musik begeistert, daß ihm der Wein köstlich schmeckt und daß er dieses blühende Mädel am liebsten auf seinen Schoß nehmen und abküssen möchte? Nein, es ist noch etwas zu früh an der Zeit, sich die Laune verbittern zu lassen! Und wenn die Stunde kommt, in der es keine Begeisterung, kein Verlangen mehr für ihn gibt, – ein rasches Ende aus eigenem Willen, stolz und königlich! Er nahm Marieens Hand und behielt sie lange in der seinen. Er ließ den Hauch seines Mundes langsam über sie streichen.

»Aber«, flüsterte Marie mit einem Ausdruck der Befriedigung.

Er schaute sie lange an. Und schön war sie, – schön! »Komm«, sagte er dann.

Sie erwiderte unbefangen: »Wollen wir uns nicht noch ein Lied anhören?«

»O ja«, sagte er. »Wir werden unser Fenster aufmachen und uns das Lied vom Wind ins Zimmer tragen lassen.«

»Bist du schon müde?« fragte sie leicht besorgt.

Er strich ihr scherzend übers Haar und lachte. »Ja.«

»So gehen wir.«

Sie standen auf und verließen den Garten. Sie nahm seinen Arm, hing sich fest darein und lehnte ihre Wange an seine Schulter. Auf dem Heimwege begleitete die beiden, immer ferner und ferner klingend, der Chor, den die Sänger eben angestimmt hatten. Heiter, im Walzer-Tempo, im Refrain übermütig, so daß man leichtere und freiere Schritte zu machen gedrängt war. Das Hotel war kaum ein paar Minuten weit entfernt. Wie sie über die Stiege hinaufgingen, war von der Musik nichts mehr zu hören. Kaum traten sie aber ins Zimmer, so schallte ihnen wieder der Refrain des Walzerliedes mit seiner ganzen Ausgelassenheit entgegen.

Sie fanden das Fenster weit geöffnet, und die blaue Mondnacht floß in weichen Fluten herein. Gegenüber zeichnete sich der Mönchsberg mit dem Schloß in scharfen Umrissen ab. Es war nicht notwendig, ein Licht anzuzünden, über dem Boden lag ein breiter Streifen silbernen Mondglanzes, und nur die Ecken des Zimmers blieben im Dunkeln. In der einen, dem Fenster nahe, stand ein Lehnstuhl. Auf den warf sich Felix und zog Marie heftig an sich. Er küßte sie, und sie küßte ihn wieder. Im Park drüben hatte das Lied geendet, aber es war so lange Beifall geklatscht worden, bis sie das Ganze von vorne anfingen. Plötzlich erhob sich Marie und eilte zum Fenster. Felix ihr nach. »Was hast du denn?« fragte er.

»Nein, nein!«

Er stampfte mit dem Fuße auf den Boden. »Warum denn nein?«

»Felix!« Sie faltete bittend die Hände.

»Nein?« sagte er mit zusammengepreßten Zähnen. »Nein? Ich soll mich wohl lieber würdig auf den Tod vorbereiten?«

»Aber, Felix!« Und schon war sie vor ihm niedergesunken und hatte seine Kniee umschlungen.

Er zog sie zu sich empor. »Du bist ja ein Kind«, flüsterte er. Und dann ihr ins Ohr: »Ich hab dich lieb, weißt du's? Und wir wollen glücklich sein, solange das bißchen Leben währt. Ich verzichte auf ein Jahr in Jammer und Angst, ich will nur mehr ein paar Wochen, ein paar Tage und Nächte. Aber ich will sie auch leben, ich will mir nichts versagen, nichts, und dann da hinunter, wenn du willst« – und er wies, während er sie mit dem einen Arm umschlungen hielt, mit dem anderen zum Fenster hinaus, an dem der Fluß vorbeiglitt. Die Sänger hatten ihr Lied geendet, und nun konnte man ihn leise rauschen hören.

Marie erwiderte nichts. Sie hatte mit beiden Händen fest seinen Hals umfangen. Felix trank den Duft ihres Haares. Wie betete er sie an! Ja, noch ein paar Tage des Glücks und dann –

Ringsum war es still geworden, und Marie war an seiner Seite eingeschlummert. Längst war das Konzert zu Ende, und unter dem Fenster gingen noch die letzten Nachzügler des Festes laut redend und lachend vorbei. Und Felix dachte, wie sonderbar es sei, daß diese johlenden Menschen wohl dieselben waren, deren Gesang ihn so tief ergriffen hatte. Auch die letzten Stimmen verklangen endlich vollends, und nun hörte er nur mehr das klagende Rauschen des Flusses. Ja, noch ein paar Tage und Nächte und dann – Doch sie lebte zu gerne. Würde sie es je wagen? Sie brauchte aber nichts zu wagen, nicht einmal irgend etwas zu wissen. In irgendeiner Stunde wird sie in seinen Armen eingeschlafen sein wie jetzt – und nicht mehr erwachen. Und wenn er dessen ganz sicher sein wird, – ja, *dann* kann auch er davon. Aber er wird ihr nichts sagen, sie lebt zu gerne! Sie bekäme Angst vor ihm, und er muß am Ende allein – Entsetzlich! Das beste wäre, jetzt gleich – Sie schläft so gut! Ein fester Druck hier am Halse, und es ist geschehen. Nein, es wäre dumm! Noch steht ihm manche Stunde der Seligkeit bevor; er wird wissen, welche die letzte zu sein hat. Er betrachtete Marie, und ihm war, als hielte er seine schlafende Sklavin in den Armen. –

Der Entschluß, den er endlich gefaßt hatte, beruhigte ihn. Ein schadenfrohes Lächeln spielte um seine Lippen, wenn er in den nächsten Tagen mit Marie in den Straßen herumwandelte und ab und zu eines Mannes Auge sie bewundernd streifen sah. Und wenn sie zusammen spazierenfuhren, wenn sie des Abends im Garten saßen, und des Nachts, wenn er sie umschlungen hielt, da hatte er ein so stolzes Gefühl des Besitzes wie nie zuvor. Nur eines störte ihn manchmal, daß sie nicht freiwillig mit ihm davon sollte. Aber er hatte Zeichen dafür, daß ihm auch das gelingen würde. Sie wagte nicht mehr, sich gegen sein stürmisches Begehren aufzulehnen, sie war niemals von so träumerischer Hingebung gewesen wie in den letzten Nächten, und mit zitternder Freude sah er den Augenblick nahen, wo er es wagen dürfte, ihr zu sagen: »Heute werden wir sterben.« Aber er verschob diesen Augenblick. Er hatte zuweilen ein Bild vor sich in romantischen Farben: wie er ihr den Dolch ins Herz stoßen wollte und wie sie, den letzten Seufzer aushauchend, seine geliebte Hand küssen würde. Er fragte sich immer, ob sie wohl schon so weit wäre. Aber daran mußte er noch zweifeln.

Eines Morgens, als Marie aufwachte, erschrak sie heftig: Felix war nicht an ihrer Seite. Sie richtete sich im Bette auf, und da sah sie ihn im Lehnstuhle am Fenster sitzen, totenblaß, den Kopf herabgesunken und das Hemd über der Brust offen. Von einer wütenden Angst ergriffen, stürzte sie zu ihm hin. »Felix!«

Er schlug die Augen auf. »Was? Wie?« Er griff sich an die Brust und stöhnte.

»Warum hast du mich nicht geweckt?« rief sie mit gerungenen Händen.

»Jetzt ist's ja gut«, sagte er. Sie eilte zum Bett hin, nahm die Decke und breitete sie über seine Knie. »Ja, sag, um Himmels willen, wie kommst du nur her?«

»Ich weiß nicht, ich muß geträumt haben. Irgend was packte mich am Hals. Ich konnte nicht atmen. Ich dachte gar nicht an dich! Hier beim Fenster wurde es besser.«

Marie hatte rasch ein Kleid umgeworfen und das Fenster geschlossen. Ein unangenehmer Wind hatte sich erhoben, und nun begann von dem grauen Himmel ein feiner Regen herunterzurieseln, der eine Luft von tückischer Feuchtigkeit in die Stube brachte. Die hatte mit einem Male alle Traulichkeit der Sommernacht verloren, war grau und fremd. Ein trostloser Herbstmorgen war mit einem Male da, der allen Zauber weghöhnte, den sie da hereingeträumt hatten.

Felix war vollkommen ruhig. »Warum machst du so erschreckte Augen? Was ist denn weiter? Böse Träume hab' ich auch in gesunden Tagen gehabt.«

Sie ließ sich nicht beruhigen. »Ich bitte dich, Felix, fahren wir zurück, fahren wir nach Wien.«

»Aber –«

»Es ist nun sowieso mit dem Sommer aus. Schau nur da hinaus, wie öd, wie trostlos! Es ist auch gefährlich, wenn es nun kalt wird.«

Er hörte aufmerksam zu. Zu seinem eigenen Erstaunen hatte er gerade jetzt eine ganz wohlige Empfindung, wie die eines ermüdeten Rekonvaleszenten. Sein Atem ging leicht, und in der Mattigkeit, die ihn umhüllte, war etwas Süßes, Einlullendes. Daß sie die Stadt verlassen sollten, leuchtete ihm vollkommen ein. Der Gedanke an die Ortsveränderung hatte eher etwas Sympathisches für ihn. Er freute sich darauf, im Lee Coupé zu liegen an dem kühlen Regentage, den Kopf an Marieens Brust.

»Gut«, sagte er, »fahren wir weg.«

»Heute noch?«

»Ja, heute noch. Mit dem Mittagsschnellzug, wenn du willst.«

»Aber wirst du nicht müde sein?«

»Ach, was fällt dir ein? Ist doch keine Strapaze, die Reise! Wie? Und du besorgst doch alles, was mir das Reisen zuwider macht, nicht wahr?«

Sie war unendlich froh, ihn so leicht zur Abreise vermocht zu haben. Gleich machte sie sich daran, zu packen, besorgte die Bezahlung der Rechnung, bestellte den Wagen und ließ auf der Bahn ein Coupé reservieren. Felix hatte sich bald angekleidet, verließ das Zimmer nicht und lag den ganzen Vormittag auf dem Diwan ausgestreckt. Er sah Marie zu, wie sie geschäftig im Zimmer hin und her eilte, und lächelte zuweilen. Meistens aber schlummerte er. Er war so matt, so matt, und wenn er die Augen auf sie richtete, freute er sich, daß sie mit ihm bleiben werde, überall, und wie sie zusammen ruhen wollten, das ging ihm wie im Traume durch den Kopf. »Bald, bald«, dachte er. Und eigentlich war es ihm nie so fern erschienen. Und so, wie er sich's in der Frühe vorgestellt hatte, lag Felix nachmittags im Coupé des Zuges, bequem der Länge nach ausgestreckt, den Kopf an Marieens Brust, den Plaid über sich gebreitet. Er starrte durch die geschlossenen Fensterscheiben in den grauen Tag hinaus, er sah den Regen herunterrieseln und tauchte mit seinem Blick in den Nebel unter, aus dem zuweilen nahe Hügel und Häuser hervorkamen. Telegraphenstangen schossen vorbei, die Drähte tanzten auf und nieder, ab und zu hielt der Zug auf einer Station, aber in seiner Lage konnte Felix die Leute nicht sehen, die auf dem Perron sein mochten. Er hörte nur gedämpft die Tritte, die Stimmen, dann Glockengeläute und Trompetensignale. Anfangs ließ er sich von Marie die Zeitung vorlesen, aber sie mußte ihre Stimme zu sehr anstrengen, und bald gaben sie's auf. Beide waren froh, daß es nach Hause ging.

Es dämmerte, und der Regen rieselte. Felix hatte das Bedürfnis, sich vollkommen klar zu werden; aber seine Gedanken wollten keine scharfen Umrisse gewinnen. Er überlegte. Also hier liegt ein schwerkranker Mensch ... Der war jetzt im Gebirge, weil dort die schwerkranken Menschen im Sommer hingehen ... Und da ist seine Geliebte, und die hat ihn treu gepflegt, und nun ist sie müde davon ... So blaß ist sie, oder macht das nur das Licht? ... Ach ja, die Lampe brennt ja schon da oben. Aber draußen ist's noch nicht ganz dunkel ... Und nun kommt der Herbst ... Der Herbst ist so traurig und still ... Heute abend werden wir wieder in unserem Wiener Zimmer sein ... Da wird es mir vorkommen, als wäre ich nie weggewesen ... Ach, es ist gut, daß Marie schläft, ich möchte sie jetzt nicht reden hören ... Ob wohl auch Leute vom Sängerfest im Zuge sind? ... Ich bin nur müde, ich bin gar nicht krank. Es sind viel Kränkere im Zuge als ich ... Ach, tut die Einsamkeit wohl ... Wie ist nur heut der ganze Tag vergangen? War denn das wirklich heute, daß ich in Salzburg auf dem Diwan lag? Das ist so lange her ... Ja, Zeit und Raum, was wissen wir davon! ... Das Rätsel der Welt, – wenn wir sterben, lösen wir es vielleicht ... Und nun klang ihm eine Melodie ins Ohr. Er wußte, daß es nur das Geräusch des fahrenden Zuges war ... Und doch war es eine Melodie ... Ein Volkslied ... ein russisches, eintönig ... sehr schön ...

»Felix, Felix!«

»Was ist nur das?« Marie stand vor ihm und streichelte seine Wangen.

»Gut geschlafen, Felix?«

»Was gibt es denn?«

»In einer Viertelstunde sind wir in Wien.«

»Ach, nicht möglich!«

»Das war ein gesunder Schlaf. Der wird dir sehr gut getan haben.«

Sie ordnete das Gepäck, der Zug sauste durch die Nacht weiter. Von Minute zu Minute ertönte helles, gedehntes Pfeifen, und durch die Scheiben blitzte von draußen rasch wieder verglimmender Lichtschein. Man fuhr durch die Stationen in der Nähe Wiens.

Felix setzte sich auf. »Ich bin ganz matt von dem langen Liegen«, sagte er. Er setzte sich in die Ecke und schaute zum Fenster hinaus. Da konnte er schon von ferne die schimmernden Straßen der Stadt erblicken. Der Zug fuhr langsamer. Marie öffnete das Coupéfenster und beugte sich hinaus. Man fuhr in die Halle ein. Marie winkte mit der Hand hinaus. Dann wandte sie sich zu Felix und rief: »Da ist er, da ist er.«

»Wer?«

»Alfred!«

»Alfred?«

Sie winkte immer wieder mit der Hand. Felix war aufgestanden und sah ihr über die Schultern. Alfred näherte sich rasch dem Coupé und reichte Marie die Hand hinauf. »Grüß' euch Gott! Felix, Servus.«

»Wie kommst du denn her?«

»Ich hab' ihm telegraphiert«, sagte Marie rasch, »daß wir ankommen.«

»Bist mir überhaupt ein netter Freund«, sagte Alfred, »das Briefschreiben ist für dich wohl eine unbekannte Erfindung. Aber jetzt komm!«

»Ich hab' so viel geschlafen«, sagte Felix, »daß ich noch ganz duselig bin.« Er lächelte, wie er die Stufen des Waggons hinunterging und ein wenig wankte.

Alfred nahm seinen Arm, und Marie, als wollte sie sich einhängen, nahm rasch seinen anderen.

»Ihr werdet wohl beide recht müde sein, wie?«

»Ich bin ganz kaputt«, sagte Marie. »Nicht wahr, Felix, man ist ganz gerädert von der dummen Eisenbahnfahrt?«

Sie stiegen langsam die Treppen hinunter. Marie suchte den Blick Alfreds, er vermied den ihren. Unten winkte er einen Wagen herbei. »Ich bin nur froh, daß ich dich gesehen habe, lieber Felix«, sagte er dann. »Morgen früh komme ich zu dir auf einen längeren Plausch.«

»Ich bin ganz duselig«, wiederholte Felix. Alfred wollte ihm in den Wagen helfen. »Oh, so arg ist es nicht, oh nein!« Er stieg ein und reichte Marie die Hand. »Siehst du?« Marie folgte ihm.

»Also auf morgen«, sagte sie, indem sie Alfred durchs Wagenfenster die Hand zum Abschied reichte. Aus ihrem Blick sprach solche fragende Angst, daß sich Alfred zu einem Lächeln zwang. »Ja, morgen«, rief er, »ich frühstücke mit euch!« Der Wagen fuhr davon. Alfred blieb noch eine Weile mit ernster Miene stehen.

»Mein armer Freund!« flüsterte er vor sich hin.

Am nächsten Morgen kam Alfred zu sehr früher Stunde, und Marie empfing ihn bei der Türe. »Ich muß mit Ihnen sprechen«, sagte sie.

»Lassen Sie mich lieber zu ihm. Wenn ich ihn untersucht habe, wird alles, was wir zu sprechen haben, mehr Sinn haben.«

»Ich möchte Sie nur um eins bitten, Alfred! Wie immer Sie ihn finden, ich beschwöre Sie, sagen Sie ihm nichts!«

»Aber was fällt Ihnen nur ein! Na, es wird ja nicht so schlimm sein. Schläft er noch?«

»Nein, er ist wach.«

»Wie war die Nacht?«

»Er hat bis vier Uhr morgens fest geschlafen. Dann war er unruhig.«

»Lassen Sie mich zuerst allein zu ihm. Sie müssen in dieses kleine, blasse Gesicht ein bißchen Frieden bringen. So dürfen Sie mir nicht zu ihm.« Er drückte ihr lächelnd die Hand und trat allein ins Schlafzimmer.

Felix hatte die Decke bis übers Kinn gezogen und nickte seinem Freunde zu. Dieser setzte sich zu ihm aufs Bett und sagte: »Da wären wir ja wieder glücklich zu Hause. Du hast dich ja famos erholt und hoffentlich deine Melancholie in den Bergen gelassen.«

»Oh ja!« antwortete Felix, ohne die Miene zu verziehen.

»Willst du dich nicht ein bißchen aufsetzen? So frühe Besuche mach' ich nämlich nur als Arzt.«

»Bitte«, sagte Felix ganz gleichgültig.

Alfred untersuchte den Kranken, stellte einige Fragen, die kurz beantwortet wurden, und sagte schließlich: »Na, so weit können wir ja zufrieden sein.«

»Laß doch den Schwindel«, entgegnete Felix verdrossen.

»Laß du lieber deine Narrheiten. Wir wollen die Sache einmal energisch angreifen. Du mußt den Willen haben, gesund zu werden und dich nicht auf den Schicksalsergebenen hinausspielen. Das steht dir nämlich gar nicht gut.«

»Was hab' ich also zu tun?«

»Vor allem wirst du mir ein paar Tage im Bett bleiben, verstanden?«

»Hab' sowieso keine Lust zum Aufstehen.«

»Um so besser.«

Felix wurde lebhafter. »Eins nur möcht' ich wissen. Was das eigentlich gestern mit mir war. Im Ernst, Alfred, das mußt du mir erklären. Wie ein dumpfer Traum ist mir alles. Die Fahrt in der Bahn und die Ankunft, wie ich da herauf und ins Bett gekommen bin –«

»Was ist denn daran zu erklären? Ein Riese bist du nun einmal nicht, und wenn man übermüdet ist, kann einem das schon passieren!«

»Nein, Alfred. So eine Mattigkeit wie die gestrige ist mir etwas ganz Neues. Heut bin ich ja auch noch müde. Aber ich habe die Klarheit des Denkens wieder. Gestern war es gar nicht so unangenehm, aber die Erinnerung daran ist mir entsetzlich. Wenn ich daran denke, daß wieder so etwas über mich kommen könnte –«

In diesem Augenblick trat Marie ins Zimmer.

»Bedanke dich bei Alfred«, sagte Felix. »Er ernennt dich zur Krankenwärterin. Ich muß von heute an liegen bleiben und habe die Ehre, dir hiermit mein Sterbebett vorzustellen.«

Marie machte ein entsetztes Gesicht.

»Lassen Sie sich von diesem Narren nicht den Kopf verdrehen«, sagte Alfred. »Er hat einige Tage liegen zu bleiben, und Sie werden so gut sein, auf ihn acht zu geben.«

»Ach, hättest du eine Ahnung, Alfred«, rief Felix mit ironisierender Begeisterung, »was ich für einen Engel an meiner Seite habe.«

Alfred gab nun weitläufige Vorschriften über die Art und Weise, wie sich Felix zu pflegen und zu verhalten habe, und sagte endlich: »Ich erkläre dir hiermit, mein lieber Felix, daß ich dir nur jeden zweiten Tag meinen ärztlichen Besuch machen werde. Mehr ist nicht vonnöten. An den anderen Tagen wird über deinen Zustand kein Wort gesprochen. Da komme ich, um mit dir zu plaudern, wie ich's gewohnt bin.«

»Ach Gott«, rief Felix, »was ist der Mann für ein Psycholog. Aber hebe dir diese Mätzchen für deine anderen Patienten auf, besonders diese ganz primitiven.«

»Mein lieber Felix, ich rede zu dir, Mann zu Mann. Hör mir einmal zu. Es ist wahr, du bist krank. Es ist aber ebenso wahr: bei ordentlicher Pflege wirst du genesen. Ich kann dir weder mehr noch weniger sagen.« Damit stand er auf.

Felix folgte ihm mit mißtrauischem Blick. »Man wäre fast versucht, ihm zu glauben.«

»Das ist deine Sache, lieber Felix«, erwiderte der Doktor kurz.

»Nun, Alfred, jetzt hast du dir's wieder verdorben«, sagte der Kranke. »Dieser brüske Ton gegenüber Schwerkranken – bekannter Trick.«

»Auf morgen«, sagte Alfred, indem er sich der Tür zuwandte. Marie folgte ihm, wollte ihn hinausbegleiten. »Dableiben«, flüsterte er ihr gebietend zu. Sie schloß die Tür hinter dem Weggehenden.

»Komm zu mir, Kleine!« sagte Felix, wie sie, ein heiteres Lächeln markierend, sich auf dem Tisch mit Nähzeug zu schaffen machte. »Ja, daher. So, du bist ein braves, braves, sehr braves Mädel.« Diese zärtlichen Worte sprach er mit einem herben, scharfen Ton.

Marie wich die nächsten Tage nicht von seinem Bett und war voll Güte und Hingebung; dabei leuchtete aus ihrem Wesen eine ruhige und ungezierte Heiterkeit, die dem Kranken wohltun sollte und zuweilen auch wirklich wohltat. In manchen Stunden aber reizte ihn die milde Fröhlichkeit, welche Marie um ihn zu breiten suchte, und wenn sie da zu plaudern anfing von irgendeiner Neuigkeit, die eben in der Zeitung stand, oder von dem besseren Aussehen, das sie an ihm merkte, oder von der Art und Weise, wie sie nun bald ihr Leben einrichten würden, wenn er erst ganz gesund wäre, da unterbrach er sie mitunter, bat sie, ihn gefälligst in Frieden zu lassen und ihn zu verschonen. Alfred kam täglich, zuweilen auch zweimal, schien sich aber kaum je um das körperliche Befinden seines Freundes zu kümmern. Er sprach von gemeinschaftlichen Freunden, erzählte Geschichten aus dem Krankenhaus und ließ sich auch auf künstlerische und literarische Gespräche ein, wobei er es aber einzurichten wußte, daß Felix nicht allzu viel zu reden genötigt war. Beide, die Geliebte und der Freund, gaben sich so unbefangen, daß Felix manchmal mit Mühe die kühnen Hoffnungen abwehren konnte, die zudringlich über ihn kamen. Er sagte sich, daß es ja nur die Pflicht jener beiden sei, ihm die Komödie vorzuspielen, welche eben gegenüber Schwerkranken seit jeher mit wechselndem Glück gespielt wird. Aber wenn er auch vermeinte, nur auf ihre Komödie einzugehen und selber mitzuspielen, so ertappte er sich doch wiederholt darauf, daß er von der Welt und den Menschen plauderte, als sei es ihm bestimmt, noch viele Jahre im Licht der Sonne unter den Lebendigen zu wandeln. Und dann erinnerte er sich, daß gerade dieses seltsame Wohlgefühl bei Kranken seiner Art oft als Zeichen des nahen Elends gelten sollte, und wies alle Hoffnung erbittert von sich. Und es kam sogar so weit, daß er unbestimmte Angstgefühle und düstere Stimmungen als Zustände von günstiger Bedeutung aufnahm und nahe daran war, sich über dieselben zu freuen. Dann entdeckte er wieder, wie unsinnig diese Art Logik wäre, – um schließlich einzusehen, daß es hier überhaupt kein Wissen und keine Gewißheit gäbe. Seine Lektüre hatte er wieder aufgenommen, fand aber an den Romanen keinen Gefallen; sie langweilten ihn, und manche, besonders solche, wo sich weite Blicke in ein blühendes und ereignisreiches Dasein ergaben, verstimmten ihn tief. Er wandte sich den Philosophen zu und ließ sich von Marie Schopenhauer und Nietzsche aus dem Bücherschrank geben. Aber nur für kurze Zeit strahlte diese Weisheit ihren Frieden über ihn aus.

Eines Abends traf ihn Alfred an, wie er eben einen Band Schopenhauer auf seine Bettdecke hatte sinken lassen und mit verdüsterter Miene vor sich hinschaute. Marie saß neben ihm mit einer Handarbeit beschäftigt.

»Ich will dir was sagen, Alfred«, rief er dem Eintretenden mit fast erregter Stimme entgegen. »Ich werde doch wieder Romane lesen.«

»Was gibt es denn?«

»Es ist wenigstens eine aufrichtige Fabelei. Gut oder schlecht, von Künstlern oder Stümpern. Diese Herren da aber«, und er wies mit den Augen auf den Band, der auf der Decke lag, »sind niederträchtige Poseure.«

»Oh!«

Felix richtete sich im Bette auf. »Das Leben verachten, wenn man gesund ist wie ein Gott, und dem Tod ruhig ins Auge schauen, wenn man in Italien spazierenfährt und das Dasein in den buntesten Farben ringsum blüht, – das nenn' ich ganz einfach Pose. Man sperre einmal so einen Herren in eine Kammer, verurteile ihn zu Fieber und Atemnot, sage ihm, zwischen dem 1. Januar und 1. Februar nächsten Jahres werden Sie begraben sein, und lasse sich dann etwas von ihm vorphilosophieren.«

»Geh doch!« sagte Alfred. »Was sind das für Paradoxe!«

»Das verstehst du nicht. Das kannst du nicht verstehen! Mich widert's geradezu an. Alle sind sie Poseure!«

»Und Sokrates?«

»War ein Komödiant. Wenn man ein natürlicher Mensch ist, so hat man vor dem Unbekannten Angst; bestenfalls kann man sie verbergen. Ich will dir's ganz ehrlich sagen. Man fälscht die Psychologie der Sterbenden, weil sich alle weltgeschichtlichen Größen, deren Tod man kennt, verpflichtet gefühlt haben, für die Nachwelt eine Komödie aufzuführen. Und ich! Was tu' ich denn? Was? Wenn ich da ruhig mit euch rede von allen möglichen Dingen, die mich nichts mehr angehen, was tu' ich denn?«

»Geh, red nicht so viel, insbesondere solchen Unsinn.«

»Auch ich fühle mich verpflichtet, mich zu verstellen, und in Wirklichkeit hab ich doch eine grenzenlose, wütende Angst, von der sich gesunde Menschen keinen Begriff machen können, und Angst haben sie alle, auch die Helden und auch die Philosophen, nur daß sie eben die besten Komödianten sind.«

»So beruhige dich doch, Felix«, bat Marie.

»Ihr zwei glaubt wohl auch«, fuhr der Kranke fort, »daß ihr der Ewigkeit ruhig ins Auge schaut, weil ihr eben noch keinen Begriff von ihr habt. Man muß verurteilt sein wie ein Verbrecher – oder wie ich, dann kann man darüber reden. Und der arme Teufel, der gefaßt unter den Galgen schreitet, und der große Weise, der Denksprüche erfindet, nachdem er den Schierlingsbecher geleert hat, und der gefangene Freiheitsheld, der lächelnd die Flinten auf seine Brust gerichtet sieht, sie alle heucheln, ich weiß es, – und ihre Fassung, ihr Lächeln ist Pose, denn sie alle haben Angst, gräßliche Angst vor dem Tode; die ist so natürlich wie das Sterben selbst!« Alfred hatte sich ruhig aufs Bett gesetzt, und als Felix geendet, erwiderte er: »Für alle Fälle ist es unvernünftig von dir, daß du so viel und so laut sprichst. Zweitens bis du abgeschmackt wie die Möglichkeit und ein arger Hypochonder!«

»Es geht dir ja jetzt so gut«, rief Marie aus.

»Glaubt sie das am Ende wirklich?« fragte Felix, zu Alfred gewendet. »Kläre sie doch endlich einmal auf, ja?«

»Lieber Freund«, erwiderte der Doktor, »einer Aufklärung bist nur du hier bedürftig. Aber du bist heute widerspenstig, und ich muß darauf verzichten. In zwei bis drei Tagen, wenn du inzwischen keine längeren Reden halten solltest, wirst du wohl aufstehen können, und dann wollen wir auch über deinen Gemütszustand eine ordentliche Beratung halten.«

»Wenn ich dich nur nicht so vollkommen durchschauen könnte«, sagte Felix.

»Ja, ja, schon gut«, erwiderte Alfred. »Machen Sie kein so gekränktes Gesicht«, wandte er sich dann zu Marie. »Auch dieser Herr wird wieder einmal zur Vernunft kommen. Jetzt sagt mir aber einmal, warum ist denn kein Fenster offen? Draußen ist ja der schönste Herbsttag, den man sich denken kann.«

Marie stand auf und öffnete ein Fenster. Eben begann es zu dunkeln, und die hereinbrechende Luft war so erfrischend, daß Marie das Verlangen empfand, sich länger von ihr umschmeicheln zu lassen. Sie blieb am Fenster stehen und beugte den Kopf hinaus. Ihr war mit einem Male, als hätte sie das Zimmer selbst verlassen. Sie fühlte sich im Freien und allein. Schon viele Tage hatte sie keine so angenehme Empfindung gehabt. Nun, wie sie den Kopf wieder zurück ins Zimmer wandte, strömte ihr die ganze Dumpfheit der Krankenstube entgegen und legte sich ihr beklemmend auf die Brust. Sie sah, wie Felix und Alfred miteinander sprachen, konnte die Worte nicht genau hören, hatte aber auch gar kein Bedürfnis, sich an dem Gespräche zu beteiligen. Wieder lehnte sie sich hinaus. Die Gasse war ziemlich still und leer, und nur von der nahegelegenen Hauptstraße hörte man gedämpftes Wagenrollen. Ein paar Spaziergänger wanderten gemächlich drüben auf dem Trottoir. Vor dem Haustore gegenüber standen ein paar Dienstmädchen, die plauschten und lachten. Eine junge Frau im Hause gegenüber schaute wie Marie selbst zum Fenster hinaus. Marie konnte in diesem Augenblicke nicht begreifen, warum die Frau nicht lieber spazierenginge. Sie beneidete alle Menschen, alle waren glücklicher als sie.

Weiche, behagliche Septembertage zogen ins Land. Die Abende kamen früh, blieben aber warm und windstill.

Marie hatte die Gewohnheit angenommen, ihren Stuhl vom Bette des Kranken wegzurücken, so oft es anging, und sich ans offene Fenster zu setzen. Da saß sie, besonders wenn Felix schlummerte, stundenlang. Eine tiefe Abspannung war über sie gekommen, eine Unfähigkeit, sich über die Verhältnisse vollkommen klar zu werden, ja eine ausgesprochene Unlust, zu denken. Es gab ganze Stunden, wo es weder Erinnerungen, noch Zukunftsideen für sie gab. Mit offenen Augen träumte sie da vor sich hin und war schon zufrieden, wenn von der Straße her ein bißchen frische Luft über ihre Stirne geweht kam. Dann wieder, wenn ein leises Stöhnen vom Krankenbette zu ihr hindrang, schrak sie auf. Sie entdeckte, wie ihr die Gabe des Mitfühlens allmählich abhanden gekommen war. Ihr Mitleid war nervöse Überreizung und ihr Schmerz ein Gemisch von Angst und Gleichgültigkeit geworden. Sie hatte sich gewiß nichts vorzuwerfen, und wenn sie der Doktor, wie neulich einmal, in vollem Ernst einen Engel nannte, so durfte sie sich kaum beschämt fühlen. Aber sie war müde, grenzenlos müde. Nun hatte sie schon zehn oder zwölf Tage das Haus nicht verlassen. Warum nur? Warum? Sie mußte darüber nachdenken. Nun ja, fuhr es ihr wie eine Erleuchtung durch den Kopf, weil es Felix gekränkt hätte! Und sie blieb ja gern bei ihm, ja. Sie betete ihn an, nicht weniger als früher. Nur müde war sie, und das war ja endlich menschlich. Und ihre Sehnsucht nach ein paar Stunden im Freien wurde immer drängender. Sie war kindisch, sich die Erfüllung zu versagen. Auch er mußte es schließlich einsehen. Und nun wurde ihr wieder klar, wie unbegrenzt sie ihn doch lieben mußte, da sie selbst den ungewissen Schatten einer Kränkung von ihm fernhalten wollte. Sie hatte ihr Nähzeug zur Erde gleiten lassen und warf einen Blick auf das Bett, das schon ganz im Dunkeln der Zimmerwand stand. Es war Dämmerung, und der Kranke war nach einem ruhigeren Tage eingeschlummert. Jetzt hätte sie sogar gehen können, ohne daß er etwas davon wissen mußte. Ach ja, da hinunter, und dort um die Ecke, und wieder einmal mitten unter Menschen und in den Stadtpark und dann auf den Ring und an der Oper vorbei, wo die elektrischen Lampen leuchteten, mitten ins Gedränge, und nach Gedränge sehnte sie sich so sehr. Aber wann würde das wiederkommen? Es kann ja nur wiederkommen, wenn Felix wieder gesund wird; und was ist ihr auch die Straße und der Park und die Menschen! was ist ihr alles Leben ohne ihn!

Sie blieb zu Hause. Sie rückte ihren Sessel an sein Bett. Sie nahm die Hand des Schlummernden und weinte stille, traurige Tränen darauf und weinte noch weiter, wie sie längst mit ihren Gedanken weitab von dem Manne gekommen war, auf dessen bleiche Hand ihre Tränen fielen.

Als Alfred am Nachmittage darauf seinen Besuch bei Felix machte, fand er ihn frischer, als die letzten Tage. »Wenn es so weitergeht«, sagte er ihm, »werd' ich dich in ein paar Tagen aufstehen lassen.« Wie alles, was zu ihm gesprochen wurde, faßte der Kranke auch das mit Mißtrauen auf und antwortete mit einem verdrossenen »Ja, ja«. Alfred aber kehrte sich zu Marie um, die beim Tische saß, und sprach: »Sie könnten eigentlich auch ein bißchen besser aussehen.«

Auch Felix, der auf diese Worte hin Marie näher betrachtete, fiel ihre besondere Blässe auf. Er war es gewohnt, die Gedanken, die ihm zuweilen über ihre aufopfernde Güte kamen, bald von sich zu scheuchen. Manchmal wollte ihm dieses Märtyrertum nicht vollkommen echt erscheinen, und er ärgerte sich über die geduldige Miene, die sie zur Schau trug. Er wünschte manchmal, sie möchte ungeduldig werden. Er spähte nach einem Moment, in dem sie sich mit einem Worte, mit einem Blick verraten würde und wo er es ihr mit boshafter Rede ins Gesicht schleudern könnte, daß er sich keine Minute lang habe täuschen lassen, daß ihn ihre Heuchelei anwiderte und daß sie ihn in Ruhe sterben lassen sollte.

Jetzt, da Alfred von ihrem Aussehen gesprochen hatte, errötete sie ein wenig und lächelte. »Ich fühle mich ganz wohl«, sagte sie.

Alfred trat näher zu ihr hin. »Nein, das ist nicht so einfach. Ihr Felix wird wenig von seiner Genesung haben, wenn Sie dann krank werden wollen.«

»Aber ich bin wirklich ganz wohl.«

»Sagen Sie doch, gehen Sie gar nicht ein bißchen in die frische Luft?«

»Ich fühle nicht das Bedürfnis darnach.«

»Sag doch einmal, Felix, sie rührt sich gar nicht weg von dir?«

»Du weißt ja«, sagte Felix, »sie ist ein Engel.«

»Aber entschuldigen Sie, Marie, das ist ja ganz einfach dumm. Es ist nutzlos und kindisch, sich in dieser Weise aufzureiben. Sie müssen in die Luft. Ich erkläre, daß es notwendig ist.«

»Aber was wollen Sie denn von mir?« sagte Marie mit schwachem Lächeln. »Ich sehne mich durchaus nicht darnach.«

»Das ist vollkommen gleichgültig. Ist auch schon ein schlechtes Zeichen, daß Sie sich nicht darnach sehnen. Sie werden heute noch hinaus. Setzen Sie sich doch auf eine Stunde in den Stadtpark. Oder, wenn Ihnen das unangenehm ist, nehmen Sie sich einen Wagen und fahren Sie spazieren, in den Prater zum Beispiel. Es ist jetzt herrlich unten.«

»Aber –«

»Es gibt kein Aber. Wenn Sie's so weitertreiben und ganz Engel sind, so ruinieren Sie sich. Ja, schauen Sie nur einmal da in den Spiegel hinein. Sie ruinieren sich.«

Felix verspürte, wie Alfred diese Worte sagte, einen stechenden Schmerz im Herzen. Eine verbissene Wut wühlte in ihm. Er glaubte, in Marieens Zügen einen Ausdruck bewußten Duldens wahrzunehmen, der nach Mitleid verlangte; und wie eine Wahrheit, an der zu rütteln vermessen wäre, zuckte es ihm durchs Gehirn, daß ja dieses Weib verpflichtet sei, mit ihm zu leiden, mit ihm zu sterben. Sie ruiniert sich; nun ja, selbstverständlich. Hatte sie vielleicht die Absicht, rote Wangen und glühende Augen zu behalten, während er seinem Ende zueilte? Und glaubt Alfred wirklich, daß dieses Weib, welches seine Geliebte ist, das Recht hat, über die Stunde hinauszudenken, die seine letzte sein wird? Und wagt vielleicht sie selbst –

Mit begierigem Zorne studierte Felix den Ausdruck in Marieens Antlitz, während der Doktor in unmutiger Rede das früher Gesagte immer und immer wiederholte. Endlich ließ er sich von Marie das Versprechen geben, daß sie heute noch ins Freie wolle, und erklärte ihr, daß die Erfüllung dieses Versprechens geradeso zu ihren Wartepflichten gehörte wie alle anderen. »Weil ich überhaupt nicht mehr rechne«, dachte Felix. »Weil man eben den verkommen läßt, der ja sowieso verloren ist.« Er reichte Alfred ganz nachlässig die Hand, als dieser endlich ging. Er haßte ihn.

Marie begleitete den Doktor nur bis zur Zimmertüre und kehrte gleich zu Felix zurück. Dieser lag mit zusammengepreßten Lippen da, eine tiefe Zornesfalte auf der Stirne. Marie verstand ihn, sie verstand ihn so ganz. Sie beugte sich zu ihm und lächelte. Er atmete, er wollte sprechen, wollte ihr irgendeine unerhörte Beleidigung ins Gesicht schleudern. Ihm war, als hätte sie das verdient. Sie aber, mit der Hand über seine Haare streichend und immer das müde, geduldige Lächeln in den Zügen, flüsterte ganz nahe seinen Lippen, zärtlich: »Ich geh' ja nicht.«

Er erwiderte nichts. Den ganzen, langen Abend bis tief in die Nacht hinein blieb sie an seinem Bette sitzen und schlief endlich auf ihrem Sessel ein.

Als Alfred am darauffolgenden Tage kam, versuchte Marie ein Gespräch mit ihm zu vermeiden. Doch schien er heute an ihrem Aussehen kein Interesse zu nehmen und beschäftigte sich nur mit Felix. Er sprach aber nichts von baldigem Aufstehen, und den Kranken hielt eine Scheu ab, ihn zu fragen. Er fühlte sich heute schwächer als die vorhergegangenen Tage. Es war in ihm eine Unlust, zu sprechen, wie noch nie, und er war froh, als ihn der Doktor verlassen hatte. Auch auf Marieens Fragen gab er kurze und mißmutige Antworten. Und als sie ihn nach stundenlangem Schweigen am Spätnachmittage wieder fragte: »Wie geht's dir jetzt?« entgegnete er: »Ist ja gleichgültig.« Er hatte die Arme über den Kopf verschränkt, schloß die Augen und schlummerte bald ein. Marie weilte einige Zeit neben ihm, indem sie ihn betrachtete, dann verschwammen ihre Gedanken, und sie kam ins Träumen. Als sie nach einiger Zeit wieder zu sich kam, spürte sie ein merkwürdiges Wohlbehagen ihre Glieder durchfließen, als wäre sie nach einem gesunden, tiefen Schlafe erwacht. Sie erhob sich und zog die Fenstervorhänge, die heruntergelassen waren, in die Höhe. Es war, als hätte sich heute in die enge Straße von dem nahen Park ein Duft verspäteter Blüten verirrt. So herrlich war ihr die Luft nie erschienen, die nun ins Zimmer flutete. Sie sah sich nach Felix um; der lag schlafend dort wie früher und atmete ruhig. Sonst war es in solchen Augenblicken wie Rührung über sie gekommen, die sie ins Zimmer bannte, über ihr ganzes Wesen eine träge Schwermut verbreitete. Heute blieb sie ruhig, freute sich, daß Felix schlummerte, und faßte ohne inneren Kampf, so selbstverständlich, als geschehe es täglich, den Entschluß, auf eine Stunde ins Freie zu gehen. Sie ging auf den Fußspitzen in die Küche, gab der Bedienerin den Auftrag, im Krankenzimmer zu verweilen, nahm rasch Hut und Schirm und flog mehr, als sie ging, die Treppe hinunter. Da stand sie nun auf der Straße, und nach einem raschen Gang durch ein paar stille Gassen gelangte sie zum Parke und war froh, wie sie zu ihren Seiten Sträucher und Bäume und oben den dämmerblauen Himmel schaute, nach dem sie sich so lange gesehnt. Sie setzte sich auf eine Bank, neben ihr und auch auf den Bänken in ihrer Nähe saßen Kindermädchen und Bonnen. In den Alleen spielten kleine Kinder. Da es aber zu dunkeln begann, war dieses Treiben seinem Ende nahe, die Mädchen riefen nach den Kleinen, nahmen sie wohl auch bei der Hand und verließen den Park. Bald war Marie fast allein, ein paar Leute kamen noch vorüber, ab und zu wandte sich ein Herr nach ihr um.

Also nun war sie da, war im Freien. Ja, wie war nun eigentlich alles? Es schien ihr nun der Moment gekommen, mit einem ungestörten Blick die Gegenwart zu überschauen. Für ihre Gedanken wollte sie deutliche Worte finden, die sie innerlich aussprechen konnte. Ich bin bei ihm, weil ich ihn liebe. Ich bringe kein Opfer, denn ich kann ja nicht anders. Und was soll nun werden? Wie lange wird es noch dauern? Es gibt keine Rettung. – Und was dann? – Was dann? Ich hab einmal mit ihm sterben wollen. – Warum sind wir uns jetzt so fremd? – Er denkt nur mehr an sich. *Möchte* er denn auch noch mit mir sterben? Und da durchdrang sie die Gewißheit, daß er es wohl mochte. Aber es erschien ihr nicht das Bild eines zärtlichen Jünglings, der sie an seine Seite betten mochte für die Ewigkeit. Nein, ihr war, als reiße er sie zu sich nieder, eigensinnig, neidisch, weil sie nun einmal ihm gehörte.

Ein junger Mann hatte neben ihr auf der Bank Platz genommen und machte eine Bemerkung. Sie war so zerstreut, daß sie zuerst »Wie?« fragte. Dann aber stand sie auf und ging rasch fort. Im Parke wurden ihr die Blicke der Begegnenden unangenehm. Sie ging auf den Ring hinaus, winkte einen Wagen herbei und ließ sich spazierenfahren. Es war Abend geworden, sie lehnte sich bequem in die Ecke zurück und hatte ihre Freude an der angenehmen, mühelosen Bewegung und an den wechselnden, ins Zwielicht der Nacht und der flackernden Gasflammen getauchten Bildern, die an ihr vorüberzogen. Der schöne Septemberabend hatte eine große Menge auf die Straße gelockt. Als Marie am Volksgarten vorüberfuhr, hörte sie die frischen Töne einer Militärmusik herausklingen, und sie mußte unwillkürlich an jenen Abend in Salzburg zurückdenken. Vergeblich suchte sie sich zu überreden, daß all dieses Leben um sie etwas Nichtiges, Vergängliches sei, daß nichts daran gelegen wäre, daraus zu scheiden. Sie konnte das Wohlbehagen, das allmählich in sie zu dringen begann, nicht aus ihren Sinnen treiben. Ihr war nun einmal wohl. Daß dort das feierliche Theater stand mit seinen weißleuchtenden Bogenlampen, daß dort aus den Alleen des Rathausparkes die Leute gemächlich schlendernd über die Straße kamen, daß dort vor dem Kaffeehaus Leute saßen, daß es überhaupt Menschen gab, von deren Sorgen sie nichts wußte oder die vielleicht gar keine hatten; daß die Luft so milde und warm um sie strich, daß sie noch viele solche Abende, noch tausend herrliche Tage und Nächte schauen durfte, daß ein Gefühl lebensfreudiger Gesundheit durch ihre Adern floß, das alles tat ihr wohl. Wie? Wollte sie sich's vielleicht zum Vorwurf machen, daß sie nach ungezählten Stunden tödlicher Abspannung auf eine Minute sozusagen zu sich kam? War es nicht ihr gutes Recht, ihrer Existenz überhaupt nur inne zu werden? Sie war ja gesund, sie war jung, und von überall her, wie aus hundert Quellen auf einmal, rann die Freude des Daseins über sie. So natürlich war das, wie ihr Atem und der Himmel über ihr – und sie will sich dessen schämen? Sie denkt an Felix. Wenn ein Wunder geschieht und er gesund wird, wird sie gewiß mit ihm weiterleben. Sie denkt seiner mit einem milden, versöhnlichen Schmerz. Es ist bald Zeit, zu ihm zurückzukehren. Ist es ihm denn nur recht, wenn sie bei ihm ist? Würdigt er denn ihre Zärtlichkeit? Wie herb sind seine Worte! Wie stechend sein Blick! Und sein Kuß! Wie lange nur haben sie einander nicht geküßt! Sie muß an seine Lippen denken, die nun immer so blaß und trocken sind. Sie will ihn auch nur mehr auf die Stirne küssen. Seine Stirne ist kalt und feucht. Wie häßlich das Kranksein ist!

Sie lehnte sich in den Wagen zurück. Sie wandte ihre Gedanken mit Bewußtsein von dem Kranken ab. Und um nicht an ihn denken zu müssen, sah sie eifrig auf die Straße hinaus und betrachtete alles so genau, als müßte sie sich's fest ins Gedächtnis einprägen.

Felix schlug die Augen auf. Eine Kerze brannte neben seinem Bette und verbreitete ein schwaches Licht. Neben ihm saß die alte Frau, die Hände im Schoß, gleichgültig. Sie fuhr zusammen, als der

Kranke sie anrief: »Wo ist sie?« Die Frau erklärte ihm, daß Marie weggegangen sei und gleich wiederkommen werde.

»Sie können gehen«, antwortete Felix. Und als die Angeredete zögerte: »Gehen Sie doch. Ich brauche Sie nicht.«

Er blieb allein. Eine Unruhe, qualvoll wie nie zuvor, befiel ihn.

Wo ist sie, wo ist sie? Er hielt es im Bett kaum aus, aber er wagte es noch nicht, aufzustehen. Plötzlich fuhr es ihm durch den Kopf: Am Ende ist sie auf und davon! Sie will ihn allein lassen, für immer allein. Sie erträgt das Leben an seiner Seite nicht mehr. Sie fürchtet sich vor ihm. Sie hat in seinen Gedanken gelesen. Oder er hat einmal im Schlaf gesprochen und hat es laut gesagt, was immerwährend in der Tiefe seines Bewußtseins ruht, auch wenn er es tagelang selbst nicht deutlich faßt. Und sie *will* eben nicht mit ihm sterben. Die Gedanken jagten durch sein Hirn. Das Fieber war da, das allabendlich zu kommen pflegte. Er hat ihr schon so lange kein freundliches Wort gesagt, vielleicht ist es nur das! Er hat sie mit seinen Launen gequält, mit seinem mißtrauischen Blicke, mit seinen bitteren Reden, und sie brauchte Dankbarkeit! – Nein, nein, nur Gerechtigkeit! Oh! Wenn sie nur da wäre! Er muß sie haben! Mit brennendem Schmerze erkennt er es: er kann sie nicht entbehren. Er wird ihr alles abbitten, wenn es sein muß. Er wird wieder zärtliche Augen auf ihr ruhen lassen und Worte tiefer Innigkeit für sie finden. Er wird durch keine Silbe verraten, daß er leidet. Er wird lächeln, wenn es sich ihm schwer auf die Brust legt. Er wird ihr die Hand küssen, wenn er nach Atem ringt. Er wird ihr erzählen, daß er Unsinn träumt, und was sie ihn im Schlafe reden hört, seien Fieberphantasien. Und er wird ihr schwören, daß er sie anbetet, daß er ihr ein langes, glückliches Leben gönnt, wünscht; sie soll nur bei ihm bleiben bis zuletzt, nur von seinem Bette soll sie nicht weichen, nicht allein sterben darf sie ihn lassen. Er wird ja der entsetzlichen Stunde in Weisheit und Frieden entgegensehen, wenn er nur weiß, daß *sie* bei ihm ist! Und diese Stunde kann so bald kommen, jeden Tag kann sie kommen. Darum muß sie immer bei ihm sein; denn er hat Angst, wenn er ohne sie ist.

Wo ist sie? Wo ist sie? Das Blut wirbelte ihm durch den Kopf, seine Augen wurden trübe, der Atem ging schwerer, und niemand war da. Ach, warum hatte er nur jenes Weib weggeschickt? Es war doch eine menschliche Seele. Nun war er hilflos, hilflos. Er richtete sich auf, er fühlte sich kräftiger, als er gedacht, nur der Atem, der Atem. Es war schrecklich, wie ihn das quälte. Er hielt es nicht aus, er sprang aus dem Bett und, kaum bekleidet, wie er war, zum Fenster hin. Da war Luft, Luft. Er tat ein paar tiefe Züge, wie war das gut! Er nahm den weiten Talar um, der über der Bettlehne hing, und sank auf einen Stuhl. Ein paar Sekunden lang verwirrten sich alle seine Gedanken, dann schoß immer der eine, immer derselbe blitzend hervor. Wo ist sie? Wo ist sie? Ob sie schon oftmals ihn so verlassen hat, während er schlief? Wer weiß? Wo mag sie da hingehen? Will sie nur auf ein paar Stunden dem Dunst der Krankenstube entfliehen, oder will sie ihm entfliehen, weil er krank ist? Ist ihr seine Nähe widerwärtig? Ängstigt sie sich vor den Schatten des Todes, die schon hier schweben? Sehnt sie sich nach dem Leben? Sucht sie das Leben? Bedeutet er selber ihr das Leben nicht mehr? Was sucht sie? Was will sie? Wo ist sie? Wo ist sie?

Und die fliegenden Gedanken wurden zu geflüsterten Silben, zu stöhnenden, lauten Worten. Und er schrie, und kreischte: »Wo ist sie?« Und er sah sie vor sich, wie sie wohl die Treppe heruntereilen mochte, das Lächeln der Befreiung auf den Lippen, und davon, irgendwohin, wo die Krankheit, der Ekel, das langsame Sterben nicht war, zu irgend was Unbekanntem, zu irgend etwas, wo es ein Duften und Blühen gab. Er sah sie verschwinden, in einen lichten Nebel untertauchen, der sie verbarg und aus dem ihr klirrendes Lachen hervorklang, ein Lachen des Glücks, der Freude. Und die Nebel zerteilten sich, und er sah sie tanzen. Und sie wirbelte weiter und weiter, und sie verschwand. Und dann kam ein dumpfes Rollen, immer näher, und hielt plötzlich ein. Wo ist sie? Er schrak auf. Zum Fenster eilte er hin. Es war das Rollen eines Wagens gewesen, und vor dem Haustore, da stand er stille. Ja, gewiß, er konnte ihn ja sehen. Und aus dem Wagen, ja – Marie war es! Sie war es! Er mußte ihr entgegen, er stürzte ins Vorzimmer, das aber völlig dunkel war. Er vermochte nicht, die Türklinke zu finden. Da drehte sich der Schlüssel im Schloß, die Tür sprang auf, Marie trat ein, und vom Gang her spielte das schwache Gaslicht um sie. Sie stieß ihn an, ohne ihn sehen zu können, und schrie laut auf. Er packte sie bei den Schultern und zerrte sie ins Zimmer hinein. Er öffnete den Mund und konnte nicht sprechen.

»Was hast du denn?« rief sie entsetzt aus; »bist du denn wahnsinnig?« Sie machte sich von ihm los. Er blieb aufrecht stehen. Es war, als ob seine Gestalt wüchse. Endlich fand er Worte.

»Woher kommst du? – Woher?«

»Um Gottes willen, Felix, komm doch zu dir. Wie konntest du –! Ich bitte dich, setz dich wenigstens.«

»Woher kommst du?« Er sprach es leiser, wie verloren. »Woher? Woher?« flüsterte er. Sie faßte ihn bei den Händen, die waren glühend heiß. Er ließ sich willig, fast bewußtlos, von ihr leiten bis zum Diwan, in dessen Ecke sie ihn langsam niederdrückte. Er schaute um sich, als müßte er seine Besinnung allmählich wiedergewinnen. Dann sagte er wieder, ganz vernehmlich, aber in derselben eintönigen Weise: »Woher kommst du?«

Sie hatte ihre Ruhe teilweise zurückerlangt, sie warf den Hut hinter sich auf einen Stuhl, setzte sich auf den Diwan neben ihn, und schmeichelnd sagte sie ihm: »Mein Schatz, ich bin nur auf eine Stunde in der Luft gewesen. Ich fürchtete, selbst krank zu werden. Was hättest du dann von mir gehabt? Ich hab' mir auch einen Wagen genommen, um nur bald wieder bei dir zu sein.«

Er lag in seiner Ecke, jetzt ganz erschlafft. Er sah sie von der Seite an und antwortete nichts.

Sie sprach weiter, indem sie ihm die heißen Wangen kosend streichelte. »Nicht wahr, du bist mir doch nicht böse? Ich hab' ja übrigens der Bedienerin den Auftrag gegeben, bis zu meiner Rückkunft bei dir zu bleiben. Hast du sie nicht gesehen? Wo ist sie denn?«

»Ich hab' sie weggeschickt.«

»Warum denn, Felix? Sie sollte ja nur so lange warten, bis ich zurückkäme. Ich hab' mich ja so nach dir gesehnt! Was hilft mir denn die frische Luft draußen, wenn ich dich nicht habe.«

»Miez, Miez!« Er legte den Kopf an ihre Brust, wie ein krankes Kind. Wie in früheren Tagen glitten ihre Lippen über seine Haare. Da sah er zu ihr auf mit bittenden Augen. »Miez«, sagte er, »du mußt immer bei mir bleiben, immer, ja?«

»Ja«, entgegnete sie und küßte sein wirres, feuchtes Haar. Ihr war so weh, so grenzenlos weh! Gern hätte sie geweint, aber in ihrer

Rührung war irgend was Dürres, Welkes. Von nirgendher kam ihr Trost, nicht einmal aus ihrem eigenen Schmerz. Und sie beneidete ihn, denn sie sah Tränen über seine Wangen fließen.

Nun saß sie wieder alle folgenden Tage und Abende an seinem Bette, brachte ihm seine Mahlzeiten, flößte ihm Medizin ein und las ihm, wenn er frisch genug war, um darnach zu verlangen, aus der Zeitung, wohl auch ein Kapitel aus irgendeinem Romane vor. Den Morgen nach ihrem Spaziergang hatte es zu regnen begonnen, und ein vorschneller Herbst brach an. Und nun rieselten stunden-, tagelang fast unaufhörlich die dünnen, grauen Streifen an den Fenstern vorbei. In der letzten Zeit hörte Marie zuweilen den Kranken nachts zusammenhangloses Zeug reden. Und da strich sie dann wohl ganz mechanisch mit den Händen über seine Stirne und flüsterte: »Schlaf, Felix, schlaf, Felix!« so wie man ein unruhiges Kind beschwichtigt. Er wurde zusehends schwächer, litt aber nicht viel, und wenn die kurzen Anfälle von Atemnot vorüber waren, die ihn heftig an seine Krankheit erinnerten, versank er meist in einen Zustand der Erschlaffung, über den er sich selbst keine Rechenschaft mehr geben konnte. Nur das kam ihm zuweilen vor, daß er sich ein bißchen wunderte. »Warum ist mir denn alles so gleichgültig?« Wenn er dann draußen den Regen herunterrieseln sah, dachte er wohl: »Ach ja, der Herbst« und forschte nach dem Zusammenhang nicht weiter. Er dachte eigentlich an keine Veränderung, die möglich wäre. Nicht ans Ende, nicht an die Gesundheit. Und auch Marie verlor in diesen Tagen ganz den Ausblick auf die Möglichkeit eines Anderswerdens. Auch die Besuche Alfreds hatten etwas Gewohnheitsmäßiges angenommen. Für diesen freilich, der von draußen kam, für den das Leben weiterrollte, war das Bild der Krankenstube täglich verändert. Für ihn war jede Hoffnung dahin. Er merkte wohl, daß nun sowohl für Felix wie für Marie ein Zeitabschnitt begonnen hatte, wie er bei Menschen, welche die tiefsten Erregungen durchgemacht, zuweilen eintritt, ein Zeitabschnitt, in dem es keine Hoffnung und keine Furcht gibt, wo die Empfindung der Gegenwart selbst, dadurch, daß ihr der Ausblick auf die Zukunft und die Rückschau ins Vergangene fehlt, dumpf und unklar ist. Er selbst trat stets mit einem Gefühl schweren Unbehagens in die Krankenstube und war sehr froh, wenn er beide so wiederfand, wie er sie verlassen. Denn endlich mußte ja wieder eine Stunde kommen, wo sie gezwungen waren, an das zu denken, was bevorstand.

Wie er wieder einmal mit dieser Überlegung die Treppe hinaufgestiegen war, fand er Marie mit bleichen Wangen und händeringend im Vorzimmer stehend. »Kommen Sie, kommen Sie«, rief sie. Er folgte ihr rasch. Felix saß aufrecht im Bette; er heftete böse Blicke auf die Eintretenden und rief: »Was habt ihr eigentlich mit mir vor?«

Alfred trat rasch zu ihm. »Was fehlt dir denn, Felix?« fragte er.

»Was du mit mir vorhast, möcht' ich wissen.«

»Was sind denn das für kindische Fragen?«

»Verkommen laßt ihr mich, elend verkommen«, rief Felix mit fast schreiender Stimme.

Alfred trat ganz nahe zu ihm und wollte seine Hand erfassen. Der Kranke aber zog dieselbe heftig zurück. »Laß mich, und du, Marie, laß das Händeringen. Ich möchte wissen, was ihr vorhabt. Wie das weitergehen soll, will ich wissen.«

»Es ginge viel besser weiter«, sagte Alfred ruhig, »wenn du dich nicht unnütz aufregtest.«

»Nun ja, da lieg' ich nun, wie lange, wie lange! Ihr schaut zu und laßt mich liegen. Was hast du eigentlich mit mir vor?« Er wandte sich plötzlich an den Doktor.

»So rede doch keinen Unsinn.«

»Es geschieht ja gar nichts mit mir, gar nichts. Es bricht über mich herein; man rührt keine Hand, es abzuwenden!«

»Felix«, begann Alfred mit eindringlicher Stimme, indem er sich aufs Bett setzte und wieder seine Hand zu fassen suchte.

»Nun ja, du gibst mich einfach auf. Du läßt mich daliegen und Morphium nehmen.«

»Du mußt noch ein paar Tage Geduld haben –«

»Aber du siehst ja, daß es mir nichts nutzt! Ich fühle ja, wie's mir geht! Warum laßt ihr mich denn so rettungslos verkommen? Ihr seht doch, daß ich hier zugrunde gehe. Ich halt' es ja nicht aus! Und es muß doch noch eine Hilfe geben, irgendeine Möglichkeit einer Hilfe. So denk doch nach, Alfred, du bist doch ein Arzt, es ist ja deine Pflicht.«

»Gewiß gibt es eine Hilfe«, sagte Alfred.

»Und wenn nicht eine Hilfe, vielleicht ein Wunder. Aber hier wird kein Wunder geschehen. Ich muß fort, ich will fort.«

»Du wirst ja, sobald du etwas gekräftigt bist, das Bett verlassen.«

»Alfred, ich sag' dir, es wird zu spät. Warum soll ich denn in diesem entsetzlichen Zimmer bleiben? Ich will fort, aus der Stadt will ich fort. Ich weiß, was ich brauche. Ich brauche den Frühling, ich brauche den Süden. Wenn die Sonne wieder scheint, werd' ich gesund.«

»Das ist ja alles ganz vernünftig«, sagte Alfred. »Selbstverständlich wirst du in den Süden, aber du mußt ein wenig Geduld haben. Heute kannst du nicht reisen, und morgen auch nicht. Sobald es irgend angeht.«

»Ich kann heute reisen, ich fühl' es. Sobald ich nur aus diesem entsetzlichen Sterbezimmer da heraus bin, werd' ich ein anderer Mensch sein. Jeder Tag, den du mich länger hier läßt, ist eine Gefahr.«

»Lieber Freund, du mußt doch bedenken, daß ich als dein Arzt –«

»Du bist ein Arzt und urteilst nach der Schablone. Die Kranken wissen selbst am besten, was ihnen not tut. Es ist ein Leichtsinn und eine Gedankenlosigkeit, mich daliegen und verkommen zu lassen. Im Süden geschehen manchmal Wunder. Man legt die Hand nicht in den Schoß, wenn nur eine Spur von Hoffnung da ist, und es ist immer noch eine Hoffnung da. Es ist unmenschlich, einen seinem Schicksal zu überlassen, wie ihr es mit mir tut. Ich will in den Süden, in den Frühling will ich zurück.«

»Das sollst du ja«, sagte Alfred.

»Nicht wahr«, warf Marie hastig drein, »wir können morgen reisen.«

»Wenn mir Felix verspricht, sich drei Tage ruhig zu verhalten, so schick' ich ihn weg. Aber heute, jetzt – das wäre ein Verbrechen! Das lasse ich nicht zu, unter keiner Bedingung. Schauen Sie doch nur«, wandte er sich an Marie, »dieses Wetter. Es stürmt und regnet; nicht dem Gesündesten möchte ich heute zum Abreisen raten.«

»Also morgen!« rief Felix.

»Wenn es sich ein wenig aufheitert«, sagte der Doktor, »in zwei bis drei Tagen, mein Wort darauf.«

Der Kranke sah ihn fest und forschend an. Dann fragte er: »Dein Ehrenwort?«

»Ja!«

»Nun, hörst du?« rief Marie aus.

»Du glaubst nicht«, sagte der Kranke, zu Alfred gewendet, »daß es noch eine Rettung für mich gibt? Du hast mich in der Heimat sterben lassen wollen? – Das ist eine falsche Humanität! Wenn man am Sterben ist, gibt's keine Heimat mehr. Das Leben-Können, das ist die Heimat. Und ich will nicht, ich will nicht so wehrlos sterben.«

»Mein lieber Felix, du weißt ja ganz gut, daß es meine Absicht ist, dich den ganzen Winter im Süden verbringen zu lassen. Aber ich kann dich doch nicht bei solchem Wetter abreisen lassen.«

»Marie«, sagte der Kranke, »mach' alles bereit.« Marie sah den Doktor ängstlich fragend an.

»Nun ja«, meinte dieser, »das kann ja nicht schaden.«

»Alles mach' bereit. Ich will in einer Stunde aufstehen. Wir reisen ab, sobald der erste Sonnenstrahl hervorkommt.«

Felix stand nachmittags auf. Es schien beinahe, als übte der Gedanke an eine Veränderung des Aufenthalts eine wohltätige Wirkung auf ihn aus. Er war wach, lag die ganze Zeit auf dem Diwan, aber er hatte weder Ausbrüche von Verzweiflung, noch verfiel er in die dumpfe Teilnahmslosigkeit der vorhergegangenen Tage. Er interessierte sich für die Vorbereitungen, die Marie traf, er gab Ratschläge, ordnete an, bezeichnete Bücher aus seiner Bibliothek, die er mithaben wollte, und nahm einmal selbst aus seinem Schreibtische einen ganz großen Pack von Schriften hervor, die auch in den Koffer sollten. »Ich will meine alten Sachen durchsehen«, sagte er zu Marie, und später, als sie die Schriften im Koffer unterzubringen versuchte, kam er wieder darauf zurück. »Wer weiß, ob diese Zeit der Ruhe meinem Geiste nicht sehr wohlgetan hat! Ich fühle mich geradezu reif werden. Eine wunderbare Klarheit strahlt zu manchen Stunden über alles, was ich bisher gedacht.«

Schon am Tage nach jenem Sturm- und Regenwetter war es schön geworden. Und im Laufe des nächsten Tages wurde es so warm, daß man die Fenster öffnen konnte. Nun glitt der Glanz eines warmen und freundlichen Herbstnachmittags über den Boden hin, und wenn Marie vor dem Koffer kniete, so legten sich die Sonnenstrahlen in ihr welliges Haar.

Alfred kam eben dazu, wie Marie die Papiere sorgsam in dem Koffer verwahrte, und wie Felix, auf dem Sofa liegend, über seine Pläne zu sprechen begann.

»Auch das soll ich schon gestatten?« fragte Alfred lächelnd. »Na, ich hoffe, du bist ängstlich genug, nicht vorzeitig mit der Arbeit anzufangen.«

»Oh«, sagte Felix, »es wird keine Arbeit für mich sein. Tausend neue und frische Lichter gleiten über alle Gedankengänge hin, die mir bisher im Dunkeln waren.«

»Das ist ja sehr schön«, sagte Alfred gedehnt, indem er den Kranken betrachtete, der mit starrem Blicke ins Leere schaute.

»Du darfst mich nicht mißverstehen«, fuhr dieser fort. »Ich hab' eigentlich gar keine fest umrissene Idee. Aber es ist, als wenn sich etwas vorbereitete.«

»So, so.«

»Weißt du, mir ist, wie wenn ich Instrumente eines Orchesters stimmen hörte. Das hat auch in Wirklichkeit immer stark auf mich gewirkt. Und in einem der nächsten Momente werden sich da wohl reine Harmonien hervorringen, und alle Instrumente fallen richtig ein.« Und, plötzlich abspringend, fragte er: »Hast du das Coupé bestellt?«

»Ja«, erwiderte der Doktor.

»Also morgen früh«, rief Marie mit guter Laune aus. Sie war immerfort beschäftigt, ging von der Kommode zum Koffer, von dort zum Bücherschrank, dann wieder zum Koffer, ordnete und packte. Alfred fühlte sich sonderbar berührt. War er bei fröhlichen, jungen Leuten, die eine Lustreise vorbereiteten? So hoffnungsfreudig, so ungetrübt beinahe schien die Stimmung, die heute über dieser Stube lag. Als er sich entfernte, begleitete ihn Marie hinaus. »Ach

Gott«, rief sie aus, »wie gescheit ist es, daß wir weg kommen. Ich freue mich sehr! Und er ist ja förmlich ausgewechselt, seit es ernst wird.«

Alfred wußte nichts zu erwidern. Er reichte ihr die Hand und wandte sich zum Gehen. Dann aber, sich nochmals umwendend, sagte er zu Marie: »Sie müssen mir versprechen –«

»Was denn?«

»Ich meine, ein Freund ist ja doch immer noch mehr als ein Arzt. Sie wissen, ich stehe Ihnen immer zur Verfügung. Sie brauchen nur zu telegraphieren.«

Marie war ganz erschrocken. »Sie glauben, es könnte notwendig sein?«

»Ich sag' es nur für alle Fälle.« Damit ging er.

Sie blieb noch eine Weile nachsinnend stehen, dann trat sie rasch in die Stube, ängstlich, daß Felix über ihr minutenlanges Wegbleiben besorgt sein könnte. Der aber schien auf ihr Hereinkommen nur gewartet zu haben, um in seinen früheren Erörterungen fortzufahren.

»Weißt du, Marie«, sagte er, »die Sonne hat stets einen guten Einfluß auf mich. Wenn es kälter wird, gehen wir noch südlicher, an die Riviera, und dann später, wie denkst du – nach Afrika?! Ja? Unter dem Äquator würde mir das Meisterwerk gelingen, das ist sicher.«

So plauderte er weiter, bis endlich Marie zu ihm hintrat, ihm die Wangen streichelte und lächelnd meinte: »Nun ist's aber genug. Nicht gleich wieder leichtsinnig sein. Auch sollst du jetzt ins Bett, denn morgen heißt's früh aufstehen.« Sie sah, daß seine Wangen hoch gerötet waren und seine Augen beinahe funkelten, und wie sie seine Hände faßte, um ihm beim Aufstehen vom Diwan behilflich zu sein, waren sie brennend heiß.

Schon beim ersten Morgengrauen wachte Felix auf. Er war in der freudigen Erregung eines Kindes, das auf Ferien geht. Schon zwei Stunden, bevor sie zur Bahn fahren sollten, saß er zur Reise völlig bereit auf dem Diwan. Auch Marie war längst mit allem fertig. Sie hatte den grauen Staubmantel um, den Hut mit blauem Schleier, und stand so am Fenster, um früh genug den bestellten Wagen kommen zu sehen. Felix fragte alle fünf Minuten, ob der schon da sei. Er wurde ungeduldig. Er sprach davon, um einen anderen zu schicken, als Marie ausrief: »Da ist er, da ist er.«

»Du«, setzte sie gleich hinzu. »Alfred ist auch da.«

Alfred war zugleich mit dem Wagen um die Ecke gebogen und grüßte freundlich herauf. Bald darauf trat er ins Zimmer. »Ihr seid ja schon fix und fertig«, rief er aus. »Was wollt ihr schon so früh auf dem Bahnhofe machen, um so mehr, als ihr schon gefrühstückt habt, wie ich sehe.«

»Felix ist so ungeduldig«, sagte Marie. Alfred trat vor ihn hin, und der Kranke lächelte ihm heiter zu. »Prachtvolles Reisewetter«, meinte er.

»Ja, ihr werdet es wunderschön haben«, meinte der Doktor. Dann nahm er ein Stück Zwieback vom Tische. »Man darf doch?«

»Haben Sie am Ende noch gar nicht gefrühstückt?« rief Marie ganz erschrocken aus.

»Doch, doch. Ein Glas Cognac hab ich getrunken.«

»Warten Sie, in der Kanne ist noch Kaffee drin.« Sie ließ es sich nicht nehmen, ihm noch den Rest des Kaffees in die Tasse einzugießen, dann entfernte sie sich, um der Bedienerin im Vorzimmer einige Weisungen zu geben. Alfred brachte die Tasse lange nicht von seinen Lippen weg. Es war ihm peinlich, mit seinem Freunde allein zu sein, und er hätte nicht sprechen können. Nun trat Marie wieder herein und kündigte an, daß nichts mehr dem Verlassen der Wohnung im Wege stehe. Felix erhob sich und ging als erster zur Tür. Er hatte einen grauen Havelock umgeworfen, einen weichen, dunklen Hut auf dem Kopf, in der Hand hielt er einen Stock. Auch auf den Stufen wollte er als erster herabschreiten. Aber kaum hatte er das Geländer mit der Hand berührt, als er zu schwanken begann. Alfred und Marie waren gleich hinter ihm und stützten ihn. »Mir schwindelt ein wenig«, sagte Felix.

»Das ist ja ganz natürlich«, meinte Alfred. »Wenn man nach soundsoviel Wochen das erstemal aus dem Bette ist.« Er nahm den

Kranken bei einem, Marie nahm ihn beim andern Arm; so führten sie ihn hinunter. Der Kutscher des Wagens nahm den Hut ab, als er den Kranken erblickte.

An den Fenstern des Hauses gegenüber wurden einige mitleidige Frauengesichter sichtbar. Und wie Alfred und Marie den totenblassen Mann in den Wagen hineinhoben, beeilte sich auch der Hausmeister, näherzutreten und seine Hilfe anzubieten. Als der Wagen davonfuhr, warfen sich der Hausmeister und die mitleidigen Frauen verständnisvolle, gerührte Blicke zu.

Alfred plauderte, auf dem Trittbrett des Waggons stehend, bis zum letzten Glockenzeichen mit Marie. Felix hatte sich in eine Ecke gesetzt und schien teilnahmslos. Erst als der Pfiff der Lokomotive ertönte, schien er wieder aufmerksam zu werden und nickte seinem Freunde zum Abschied zu. Der Zug setzte sich in Bewegung. Alfred blieb noch eine Weile auf dem Perron stehen und schaute ihm nach. Dann wandte er sich langsam zum Gehen.

Kaum war der Zug aus der Halle, als sich Marie ganz nahe zu Felix hinsetzte und ihn fragte, was er für Wünsche habe. Ob sie die Cognacflasche öffnen, ob sie ihm ein Buch reichen, ob sie ihm aus der Zeitung vorlesen sollte. Er schien für so viel Freundlichkeit Dank zu empfinden und drückte ihr die Hand. Dann fragte er: »Wann kommen wir denn in Meran an?« und er ließ sich endlich, wie sie nicht die genaue Stunde der Ankunft wußte, von ihr aus dem Reisehandbuch alle wichtigen Daten vorlesen. Er wollte wissen, wo die Mittagsstation wäre, an welchem Ort die Nacht hereinbräche, und interessierte sich für eine Menge äußerlicher Dinge, die ihm sonst ganz gleichgültig waren. Er suchte zu berechnen, wieviel Leute im ganzen Zug sein mochten, und bedachte, ob wohl auch junge Ehepaare darunter wären. Nach einiger Zeit verlangte er Cognac, doch reizte ihn der so sehr zum Husten, daß er Marieen ganz ärgerlich ersuchte, ihm unter keinen Bedingungen mehr davon zu geben, selbst wenn er danach verlangen sollte. Später ließ er sich den meteorologischen Bericht aus der Zeitung vorlesen und nickte befriedigt mit dem Kopfe, als sich eine günstige Voraussage ergab. Sie fuhren über den Semmering. Mit Aufmerksamkeit betrachtete er die wechselnden Bilder, die sich darboten; aber was er äußerte, beschränkte sich auf ein leises »Hübsch, sehr schön«, dem die Betonung der Freude vollkommen fehlte. Zu Mittag nahm er ein wenig von den kalten Speisen, mit welchen sie sich vorgesehen hatten, und wurde sehr zornig, als ihm Marie den Cognac verweigerte. Sie mußte sich endlich entschließen, ihm welchen zu geben. Er vertrug ihn ganz gut, wurde frischer und begann an allen möglichen Dingen Teilnahme zu zeigen. Und bald kam er wieder im Sprechen von dem, was an den Coupéfenstern vorüberflog, was er in den Stationen sah, auf sich selbst zurück. Er sagte: »Ich habe von Somnambulen gelesen, denen im Traum irgendein Heilmittel erschien, auf das kein Arzt verfallen war und durch dessen Anwendung sie genasen. Der Kranke soll seiner Sehnsucht folgen, sag' ich.«

»Gewiß«, erwiderte Marie.

»Süden! Luft des Südens! Sie meinen, der ganze Unterschied ist, daß es dort warm ist und daß es das ganze Jahr Blumen gibt und vielleicht mehr Ozon und keine Stürme und keinen Schnee. Wer weiß, was in dieser Luft des Südens schwebt! Geheimnisvolle Elemente, die wir noch gar nicht kennen.«

»Sicher wirst du dort gesund«, sagte Marie, indem sie eine Hand des Kranken zwischen ihre Hände nahm und an ihre Lippen führte.

Er sprach noch weiter über die vielen Maler, die man in Italien träfe, über die Sehnsucht, die so viele Künstler und Könige nach Rom getrieben, und über Venedig, wo er einmal gewesen, lange bevor er Marie gekannt. Endlich wurde er müde und begehrte danach, sich der Länge nach auf die Sitze des Coupés hinzustrecken. So blieb er, meist in leichten Schlummer versunken, bis der Abend anbrach.

Sie saß ihm gegenüber und betrachtete ihn. Sie fühlte sich ruhig. Nur ein mildes Bedauern war in ihr. Er war so bleich. Und so alt war er geworden. Wie hatte sich dieses schöne Antlitz seit dem Frühjahr verändert! Das war doch eine andere Blässe als diejenige, weiche ihr nun selbst auf den Wangen lag. Die ihre machte sie jünger, jungfräulich beinahe. Um wieviel besser war sie doch daran als er! Noch nie war ihr dieser Gedanke mit solcher Deutlichkeit gekommen. Warum ist dieser Schmerz nicht peinigender! Ach, es ist gewiß nicht Mangel an Teilnahme, es ist ganz einfach grenzenlose Müdigkeit, die seit Tagen nicht mehr von ihr weicht, auch wenn sie sich zu Zeiten scheinbar frischer fühlt. Sie freut sich ihrer Müdigkeit, denn sie hat Angst vor den Schmerzen, die kommen werden, wenn sie aufhört, müde zu sein.

Marie schrak plötzlich aus dem Schlaf auf, in den sie versunken war. Sie sah um sich, es war fast ganz dunkel. Der Schleier war über die Lampe gezogen, die oben glimmte, und so ergoß sich nur ein mattgrünlicher Schimmer ins Coupé. Und draußen vor den Fenstern Nacht, Nacht! Es war, als führen sie durch einen langen Tunnel. Warum war sie nur so heftig aufgeschreckt? Es war doch fast ganz still, nur das gleichförmige Knarren der Räder dauerte fort. Allmählich gewöhnte sie sich an das matte Licht, und nun konnte sie wieder die Gesichtszüge des Kranken ausnehmen. Er schien ganz ruhig zu schlafen, lag unbeweglich dort. Plötzlich seufzte er tief, unheimlich, klagend. Ihr klopfte das Herz. Gewiß hatte er auch früher so gestöhnt, und das hatte sie erweckt. Aber was war das? Sie blickte näher auf ihn hin. Er schlief ja nicht. Mit weit, weit offenen Augen lag er da, ganz deutlich konnte sie's nun sehen. Sie hatte Angst vor diesen Augen, welche ins Leere, ins Weite, ins Dunkle starrten. Und wieder ein Stöhnen, noch klagender als früher. Er bewegte sich, und nun seufzte er wieder auf, aber nicht schmerzlich, eher wild. Und mit einem Male hatte er sich aufgerichtet, mit beiden Händen auf die Polster gestützt, dann schleuderte er den grauen Mantel, der ihn zudeckte, mit den Füßen auf den Boden und versuchte aufzustehen. Aber die Bewegung des Zuges ließ es nicht zu, und er sank in die Ecke zurück. Marie war aufgesprungen und wollte den grünen Schleier von der Lampe entfernen. Sie fühlte sich aber mit einem Male von seinen Armen umschlungen, und nun zog er die Bebende auf seine Knie nieder. »Marie, Marie!« sagte er mit heiserer Stimme.

Sie wollte sich frei machen, es gelang ihr nicht. All seine Kraft schien ihm wiedergekehrt, er preßte sie heftig an sich. »Bist du bereit, Marie?« flüsterte er, seine Lippen ganz nahe an ihrem Hals. Sie verstand nicht, sie hatte nur die Empfindung einer grenzenlosen Angst. Wehrlos war sie, sie wollte schreien. »Bist du bereit?« fragt er nochmals, während er sie weniger krampfhaft festhielt, so daß ihr seine Lippen, sein Atem, seine Stimme wieder ferner waren und sie freier atmen konnte.

»Was willst du?« fragte sie angstvoll.

»Verstehst du mich nicht?« entgegnete er.

»Laß mich, laß mich«, schrie sie, aber das verhallte im Brausen des weiterrollenden Zuges.

Er achtete gar nicht darauf. Er ließ die Hände sinken, sie erhob sich von seinen Knieen und setzte sich in die Ecke gegenüber.

»Verstehst du mich nicht?« fragte er wieder.

»Was willst du?« flüsterte sie aus ihrer Ecke heraus.

»Eine Antwort will ich«, erwiderte er.

Sie schwieg, sie zitterte, sie sehnte sich nach dem Tag.

»Die Stunde rückt näher«, sagte er leise, indem er sich vorbeugte, so daß sie deutlicher seine Worte vernehmen konnte. »Ich frage dich, ob du bereit bist?«

»Welche Stunde?«

»Unsere! Unsere!«

Sie verstand ihn. Die Kehle war ihr zugeschnürt.

»Erinnerst du dich, Marie?« fuhr er fort, und der Ton seiner Stimme nahm etwas Mildes, beinahe etwas Bittendes an. Er nahm ihre beiden Hände in die seinen. »Du hast mir ein Recht gegeben, so zu fragen«, flüsterte er weiter. »Erinnerst du dich?«

Sie hatte nun einige Fassung wiedergewonnen, denn wenn es auch entsetzliche Worte waren, die er sprach, seine Augen hatten das Starre, seine Stimme das Drohende verloren. Ein Bittender schien er zu sein. Und wieder fragte er, beinahe weinend: »Erinnerst du dich?« Da hatte sie schon die Kraft zu erwidern, wenn auch mit bebenden Lippen: »Du bist ja ein Kind, Felix!«

Er schien es gar nicht zu hören. In gleichmäßigen Tönen, als käme ihm Halbvergessenes mit neuer Deutlichkeit zurück, sprach er: »Nun geht es zu Ende, und wir müssen davon, Marie; unsere Zeit ist um.« Etwas Bannendes, Bestimmtes und Unentrinnbares lag in diesen Worten, so leise sie geflüstert wurden. Er hätte lieber drohen sollen, da hätte sie sich besser wehren können. Einen Augenblick, wie er noch näher an sie heranrückte, kam die ungeheure Furcht über sie, er würde auf sie stürzen und sie erwürgen. Sie dachte schon daran, an das andere Endes des Coupés zu fliehen, das Fenster zu zerschlagen, um Hilfe zu rufen. Aber in demselben Moment ließ er ihre Hände aus den seinen und lehnte sich zurück, als hätte er nichts weiter zu sagen. Da sprach sie:

»Was für Dinge redest du denn, Felix! Jetzt, wo wir in den Süden fahren, wo du vollkommen gesund werden sollst.« Er lehnte drüben, schien in Gedanken versunken. Sie stand auf und schob rasch den grünen Schleier von der Lampe weg. Oh, wie ihr das wohltat! Licht war es nun mit einem Male, ihr Herz begann langsamer zu schlagen, und ihre Furcht verschwand. Sie setzte sich wieder in ihre Ecke, er hatte zu Boden geschaut und erhob jetzt wieder die Augen zu ihr. Dann sagte er langsam:

»Marie, mich wird der Morgen nicht mehr täuschen und auch der Süden nicht. Heute weiß ich.«

Warum spricht er jetzt so ruhig? dachte Marie. Will er mich in Sicherheit wiegen? Hat er Angst, daß ich mich zu retten versuche? Und sie nahm sich vor, auf ihrer Hut zu sein. Sie beobachtete ihn ununterbrochen, sie hörte kaum mehr auf seine Worte, verfolgte eine jede seiner Bewegungen, jeden seiner Blicke. Er sagte:

»Du bist ja frei, auch dein Schwur bindet dich nicht. Kann ich dich zwingen? – Willst du mir nicht die Hand reichen?«

Sie gab ihm die Hand, aber so, daß die ihre über der seinen ruhte.

»Wär' nur der Tag da!« flüsterte er.

»Ich will dir etwas sagen, Felix«, meinte sie jetzt. »Versuche doch, wieder ein wenig zu schlafen! Der Morgen kommt bald; in ein paar Stunden sind wir in Meran.«

»Ich kann nicht mehr schlafen!« erwiderte er und schaute auf. In diesem Augenblick trafen sich ihre Blicke. Er merkte das Mißtrauische, Lauernde in den ihren. In demselben Moment war ihm alles klar. Sie wollte ihn zum Schlafen bringen, um in der nächsten Station unbemerkt aussteigen und entfliehen zu können. »Was hast du vor?« schrie er auf.

Sie zuckte zusammen. »Nichts.«

Er versuchte aufzustehen. Kaum gewahrte sie das, als sie sich aus ihrer Ecke in die andere flüchtete, weit von ihm.

»Luft!« schrie er. »Luft!« Er öffnete das Fenster und streckte seinen Kopf in die Nachtluft hinaus. Marie war beruhigt, es war nur Atemnot, die ihn so plötzlich gezwungen hatte, sich zu erheben. Sie kam wieder zu ihm und zog ihn sanft vom Fenster zurück. »Das kann dir ja nicht gut tun«, sagte sie. Er sank wieder in seine Ecke, mühsam atmend. Sie blieb eine Weile vor ihm stehen, die eine Hand an den Rand der Fensteröffnung stützend, dann nahm sie wieder ihm gegenüber den früheren Platz ein. Nach einer Weile beruhigte sich sein Atem; ein leises Lächeln kam über seine Lippen. Sie sah ihn verlegen, ängstlich an. »Ich werde das Fenster schließen«, sagte sie. Er nickte. »Der Morgen! Der Morgen!« rief er aus. Am Horizont zeigten sich graurötliche Streifen.

Nun saßen sie lange schweigend einander gegenüber. Endlich sprach er, während wieder jenes Lächeln um seinen Mund spielte: »Du bist nicht bereit!« Sie wollte irgend etwas in ihrer gewöhnlichen Art erwidern, daß er ein Kind sei oder dergleichen. Sie konnte nicht. Dieses Lächeln wies jede Antwort ab.

Der Zug fuhr langsamer. Nach ein paar Minuten war er in der Frühstücksstation eingelangt. Auf dem Perron liefen Kellner umher mit Kaffee und Gebäck. Viele Reisende verließen den Wagen; es gab ein Lärmen und Rufen. Marie war es, als wäre sie aus einem schweren Traum erwacht. Die Trivialität dieses Bahnhoftreibens tat ihr sehr wohl. Im Gefühle vollkommener Sicherheit erhob sie sich und sah auf den Perron hinaus. Endlich winkte sie einen Kellner herbei und ließ sich eine Tasse Kaffee hereinreichen. Felix sah ihr zu, wie sie den Kaffee schlürfte, schüttelte aber den Kopf, als sie ihm davon anbieten wollte.

Bald darauf setzte sich der Zug wieder in Bewegung, und wie sie aus der Halle herausfuhren, war es völlig Licht geworden. Und schön! Und dort ragten die Berge, vom Frührot übergossen! Marie faßte den Entschluß, sich niemals wieder vor der Nacht zu fürchten. Felix sah gelegentlich zum Fenster hinaus, er schien ihre Blicke vermeiden zu wollen. Ihr war, als müßte er sich der vergangenen Nacht ein wenig schämen.

Der Zug hielt nun einige Male in kurzen Zwischenräumen an, und es war ein herrlicher, sommerwarmer Morgen, als er in der Halle von Meran einfuhr. »Da sind wir«, rief Marie aus, »endlich, endlich!«

Sie hatten einen Wagen gemietet und fuhren herum, um eine passende Wohnung ausfindig zu machen. »Zu sparen brauchen wir nicht«, sagte Felix, »so lange reicht mein Vermögen noch.« Bei einzelnen Villen ließen sie den Kutscher anhalten, und während Felix im Wagen verblieb, besichtigte Marie die Wohnräume und die Gärten. Bald hatten sie ein passendes Haus gefunden. Es war ganz klein, halbstockhoch, mit einem kleinen Garten. Marie bat die Vermieterin, mit ihr hinauszutreten, um dem im Wagen sitzenden jungen Mann die verschiedenen Vorzüge der Villa zu erläutern. Felix erklärte sich mit allem einverstanden, und ein paar Minuten später hatte das Paar die Villa bezogen.

Felix hatte sich, ohne an dem geschäftigen Interesse Mariens für das Haus Anteil zu nehmen, ins Schlafzimmer zurückgezogen. Er hielt eine flüchtige Umschau darin. Es war geräumig und freundlich, mit sehr lichten, grünlichen Tapeten und einem großen Fenster, das nun offen stand, so daß das ganze Zimmer von dem Duft des Gartens erfüllt war. Dem Fenster gegenüber standen die Betten; Felix war so erschöpft, daß er sich der Länge nach auf eines hinwarf.

Unterdessen ließ sich Marie von der Vermieterin herumführen und freute sich besonders des Gärtchens, das von einem hohen Gitter umschlossen war und in das man auch von dem an der Rückseite gelegenen Türchen herein konnte, ohne das Haus betreten zu müssen. An der Rückseite selbst ging ein breiter Weg hin, der direkt und in kürzerer Zeit zum Bahnhof führte als die Fahrstraße, an welcher das Haus lag.

Als Marie wieder ins Zimmer zurückkam, in dem sie Felix verlassen hatte, fand sie ihn auf dem Bette liegen. Sie rief ihn an, er antwortete nicht. Sie trat näher heran, er war noch blässer als sonst. Sie rief wieder, keine Antwort; – er rührte sich nicht. Ein entsetzlicher Schrecken überkam sie, sie rief die Frau herein und sandte sie um einen Arzt. Kaum war die Frau fort, als Felix die Augen aufschlug.

Aber in dem Moment, als er etwas sprechen wollte, erhob er sich mit angstverzerrtem Gesicht, sank gleich wieder zurück und röchelte. Von seinen Lippen herab floß etwas Blut. Marie beugte sich ratlos, verzweifelt über ihn. Dann eilte sie wieder zur Türe, um zu sehen, ob der Arzt schon käme, dann stürzte sie wieder zu ihm zurück und rief seinen Namen. Wäre nur Alfred da! dachte sie.

Endlich kam der Doktor, ein ältlicher Herr mit grauem Backenbart. »Helfen Sie! Helfen Sie!« rief ihm Marie entgegen. Dann gab sie ihm Auskunft, so gut es in ihrer Aufregung ging. Der Arzt betrachtete den Kranken, fühlte nach seinem Puls, sagte, daß er jetzt gleich nach dem Blutsturze nicht untersuchen könnte und ordnete das Nötige an. Marie begleitete ihn hinaus, fragte ihn, was sie zu erwarten habe. »Kann ich noch nicht sagen«, erwiderte der Doktor, »nur ein wenig Geduld! Wir wollen hoffen.« Er versprach, noch heute abend wiederzukommen, und grüßte Marie, die im Haus stehen geblieben war, so freundlich und unbefangen aus dem Wagen heraus, als hätte er einen konventionellen Besuch gemacht.

Marie stand nur eine Sekunde ratlos da; in der nächsten schon kam ihr eine Idee, die ihr Rettung zu versprechen schien, und sie eilte aufs Postamt, um ein Telegramm an Alfred abzusenden. Nachdem sie es abgeschickt hatte, fühlte sie sich erleichtert. Sie dankte der Frau, welche sich um den Kranken während ihres Fortseins bemüht hatte, entschuldigte sich bei ihr wegen der Ungelegenheit, die man ihr schon am ersten Tage bereite, und versprach, daß man sich sehr erkenntlich erweisen werde.

Felix lag noch immer angekleidet ohne Bewußtsein auf dem Bette ausgestreckt, sein Atem war aber ruhig geworden. Während sich Marie am Kopfende des Bettes niederließ, sprach ihr die Frau Trost zu, erzählte von den vielen Schwerkranken, die in Meran wieder genesen waren, teilte ihr mit, daß sie selbst in ihrer Jugend leidend gewesen und sich – wie man ja sehen könne – wunderbar erholt hätte. Und dabei das viele Unglück, das sie betroffen. Ihr Mann, der nach zweijähriger Ehe gestorben, die Söhne, die draußen in der Welt seien, – ja, alles hätte anders kommen können, aber sie sei nun ganz froh, die Stelle in diesem Hause zu haben. Und über den Besitzer könne man sich um so weniger beklagen, als er höchstens zweimal im Monat aus Bozen herüberkäme, zu sehen, ob alles in

Ordnung sei. So kam sie vom Hundertsten ins Tausendste und war von überströmender Freundlichkeit. Sie erbot sich, die Koffer auszupacken, was von Marie dankend angenommen wurde, und brachte später das Mittagessen aufs Zimmer. Milch für den Kranken stand schon bereit, und leichte Bewegungen, die an ihm wahrzunehmen waren, schienen ein baldiges Erwachen anzuzeigen.

Endlich kam Felix wieder zum Bewußtsein, wandte einige Male den Kopf hin und her und blieb mit seinem Blick auf Marie haften, die sich über ihn gebeugt hatte. Da lächelte er und drückte ihr schwach die Hand. »Was war denn nur mit mir?« fragte er. – Der Arzt, der nachmittags kam, fand ihn bereits viel besser und gestattete, daß man ihn auskleidete und ins Bett legte. Felix ließ alles mit Gleichmut über sich ergehen.

Marie rührte sich vom Bett des Kranken nicht weg. Was war das für ein endloser Nachmittag! Durch das Fenster, welches auf ausdrücklichen Befehl des Doktors offen geblieben war, kamen die milden Düfte des Gartens herein, – und so stille war es! Marie verfolgte mechanisch das Flimmern der Sonnenstrahlen auf dem Fußboden. Felix hielt fast ununterbrochen ihre Hand umfaßt. Die seine war kühl und feucht, was Marieen eine unangenehme Empfindung verursachte. Manchmal unterbrach sie das Schweigen mit ein paar Worten, zu denen sie sich eigentlich zwingen mußte. »Schon besser, nicht wahr? – Na, siehst du! – Nicht reden! – Du darfst nicht! – Übermorgen wirst du schon in den Garten gehen!« Und er nickte und lächelte. Dann berechnete Marie, wann Alfred kommen könnte. Morgen, abends konnte er hier sein. Also noch eine Nacht und einen Tag. Wenn er nur erst da wäre!

Endlos, endlos dehnte sich der Nachmittag. Die Sonne verschwand, das Zimmer selbst begann in Dämmerung zu liegen, aber wenn Marie in den Garten hinausschaute, sah sie noch auf den weißen Kieswegen und dort auf den Gitterstäben die gelblichen Strahlen hingleiten. Plötzlich, wie sie eben den Blick hinausgerichtet hatte, hörte sie die Stimme des Kranken: »Marie.« Sie drehte rasch den Kopf nach ihm.

»Nun ist mir viel besser«, sagte er ganz laut.

»Du sollst nicht laut sprechen«, wehrte sie zärtlich ab.

»Viel besser«, flüsterte er. »Es ist diesmal gut gegangen. Vielleicht war es die Krisis.«

»Gewiß!« bekräftigte sie.

»Ich hoffe auf die gute Luft. Aber es darf nicht noch einmal kommen, sonst bin ich verloren.«

»Aber! Du siehst ja, daß du dich schon wieder frisch fühlst.«

»Du bist brav, Marie, ich danke dir. Aber pflege mich nur gut. Gib acht, gib acht!«

»Mußt du mir das sagen?« erwiderte sie mit leisem Vorwurf.

Er aber fuhr flüsternd fort: »Denn, wenn ich davon muß, nehm' ich dich mit.«

Eine tödliche Angst durchzuckte sie, wie er das aussprach. Warum nur? Es konnte ja keine Gefahr von ihm kommen, zu einer Gewalttat war er zu schwach. Sie war jetzt zehnmal stärker als er. Woran konnte er nur denken? Was suchte er mit seinen Augen in der Luft, an der Wand, im Leeren? Er konnte sich auch nicht erheben und hatte ja keine Waffen mit. Aber vielleicht Gift. Er konnte sich Gift verschafft haben, vielleicht trug er es bei sich und wollte es ihr in das Glas träufeln, aus dem sie trank. Aber wo konnte er es denn verwahren? Sie selbst hatte ihn auskleiden geholfen. Vielleicht hatte er ein Pulver in seiner Brieftasche? Die war aber in seinem Rock. Nein! Nein! Nein! Das waren Worte, die ihm das Fieber eingab, und die Lust, zu quälen, weiter nichts. – Aber wenn das Fieber solche *Worte* eingeben kann und solche *Gedanken*, warum nicht auch die *Tat?* Vielleicht wird er auch nur einen Augenblick benützen, in dem sie schläft, um sie zu erwürgen. Dazu braucht es ja so wenig Kraft. Sie kann gleich ohnmächtig werden, und dann ist sie wehrlos. Oh! sie wird heute nacht nicht schlafen, – und morgen ist Alfred da! –

Der Abend rückte vor, die Nacht kam. Felix hatte kein Wort mehr gesprochen, aber auch das Lächeln war von seinen Lippen völlig verschwunden; mit gleichförmig düsterem Ernst blickte er vor sich hin. Wie es dunkel wurde, brachte die Frau brennende Kerzen herein und schickte sich an, das Bett neben dem Kranken zurecht zu machen. Marie gab ihr mit der Hand ein Zeichen, daß das nicht notwendig wäre. Felix hatte es bemerkt. »Warum nicht?« fragte er. Und gleich setzte er hinzu: »Du bist zu gut, Marie, du sollst schlafen gehen, ich fühle mich ja besser.« Ihr schien es, als klänge Hohn durch diese Worte. Sie ging nicht schlafen. Die lange, schweigende Nacht verbrachte sie an seinem Bette, ohne ein Auge zuzutun. Felix lag fast immer ganz ruhig da. Zuweilen kam ihr die Idee, ob er sich vielleicht nur schlummernd stellte, um sie in Sicherheit zu wiegen. Sie schaute näher hin, aber das ungewisse Licht der Kerze täuschte zuckende Bewegungen um die Lippen und die Augen des Kranken vor, welche sie verwirrten. Einmal trat sie auch zum Fenster und schaute in den Garten hinaus. Er war in ein mattes Blaugrau getaucht, und wenn sie sich ein wenig vorbeugte und aufsah, konnte sie den Mond erblicken, der gerade über den Bäumen hinzuschweben schien. Kein Lufthauch rührte sich, und in der unendlichen Stille und Unbeweglichkeit, die sie umhüllte, kam es ihr vor, als wenn sich die Gitterstäbe, die sie ganz deutlich wahrnehmen konnte, langsam vorwärts bewegten und dann wieder stille hielten. Nach Mitternacht erwachte Felix. Marie ordnete ihm die Polster, und einer plötzlichen Eingebung gehorchend, suchte sie bei dieser Gelegenheit mit ihren Fingern, ob er nicht zwischen den Polstern irgend was verborgen hätte. Es klang ihr im Ohr: »Ich nehm' dich mit! Ich nehm' dich mit!« Aber hätte er es denn gesagt, wenn es ihm ernst damit wäre? Wenn er überhaupt die Fähigkeit hätte, sich mit einem Plane zu beschäftigen? Zu allererst wäre ihm dann die Idee gekommen, sich nicht zu verraten. Sie war wahrhaftig recht kindisch, sich von den ungeordneten Phantasien eines Kranken in Furcht versetzen zu lassen. Sie wurde schläfrig und rückte ihren Sessel weit vom Bette weg, – für alle Fälle. Aber sie wollte nicht einschlafen! Nur ihre Gedanken begannen die Klarheit zu verlieren, und aus dem lichten Bewußtsein des Tages flatterten sie in das Dämmern grauer Träume. Erinnerungen stiegen auf. Von Tagen und Nächten blühenden Glücks. Erinnerungen von Stunden, wo er sie in seinen Armen gehalten, während über sie durchs Zimmer der Hauch des jungen Frühlings zog. Sie hatte die unklare Empfindung, als wagte der Duft des Gartens nicht, hier hereinzufließen. Sie mußte wieder zum Fenster hin, um davon zu trinken; aus den feuchten Haaren des Kranken schien ein süßlich fader Duft zu strömen, der die Luft des Zimmers widerlich durchdrang. Was nun? Wenn's nun vorüber wäre! Ja, vorüber! Sie schrak nicht mehr vor dem Gedanken zurück, das tückische Wort fiel ihr ein, das aus dem fürchterlichsten der Wünsche ein heuchlerisches Mitleid macht: »Wär' er doch erlöst!« – Und was dann? Sie sah sich auf einer Bank unter einem hohen Baum sitzen da draußen im Garten, blaß und verweint. Aber diese Zeichen der Trauer lagen nur auf ihrem Antlitz. Über ihre Seele war eine so wonnige Ruhe gekommen, wie seit lange, lange nicht. Und dann sah sie die Gestalt, die sie selbst war, sich erheben und auf die Straße treten und langsam davongehen. Denn nun konnte sie ja hingehen, wohin sie wollte.

Aber inmitten dieser Träumereien behielt sie Wachheit genug, um dem Atem des Kranken zu lauschen, der zuweilen zum Stöhnen wurde. Endlich nahte zögernd der Morgen. Schon in seinem ersten Grauen zeigte sich die Vermieterin an der Tür und bot sich freundlich an, für die kommenden Stunden Marie abzulösen. Diese nahm mit wahrer Freude an. Nach einem flüchtigen letzten Blick auf Felix verließ sie das Zimmer und betrat den Nebenraum, wo ein Diwan bequem zur Ruhe hergerichtet war. Ah! wie wohl war ihr da! Angekleidet warf sie sich daraufhin und schloß die Augen.

Nach vielen Stunden erst wachte sie auf. Ein angenehmes Halbdunkel umgab sie. Durch die Ritzen der geschlossenen Fensterläden fielen nur die schmalen Streifen des Sonnenlichts. Rasch erhob sie sich und hatte sofort die klare Auffassung des Moments. Heute mußte Alfred kommen! Das machte sie der dumpfen Stimmung der nächsten Stunden mutiger entgegensehen. Ohne Zögern begab sie sich ins Nebenzimmer. Wie sie die Tür öffnete, war sie eine Sekunde lang geblendet von der weißen Decke, die über das Lager des Kranken gebreitet war. Dann aber gewahrte sie die Vermieterin, welche den Finger an den Mund legte, sich von ihrem Sessel erhob und auf den Zehenspitzen der Eintretenden entgegenging. »Er schläft fest«, flüsterte sie und erzählte dann weiter, daß er bis vor einer Stunde in heftigem Fieber wach gelegen sei und ein paarmal nach der gnädigen Frau gefragt habe. Schon am frühen Morgen sei der Doktor dagewesen und habe den Zustand des Kranken unverändert gefunden. Da habe sie die gnädige Frau aufwecken wollen, doch der Doktor selbst habe es nicht zugegeben; er würde übrigens im Laufe des Nachmittags wiederkommen.

Marie hörte der guten Alten aufmerksam zu, dankte ihr für ihre Fürsorge und nahm dann ihren Platz ein.

Es war ein warmer, beinahe schwüler Tag. Die Mittagsstunde war nahe. Über dem Garten lag stiller und schwerer Sonnenglanz. Wie Marie aufs Bett hineinblickte, sah sie zuerst die beiden schmalen Hände des Kranken, welche, zuweilen leicht zuckend, auf der Bettdecke lagen. Das Kinn war herabgesunken, das Gesicht totenblaß mit leicht geöffneten Lippen. Sein Atem setzte sekundenlang aus. Dann kamen wieder oberflächliche, schlürfende Züge. »Am Ende stirbt er, bevor Alfred kommt«, fuhr es Marie durch den Sinn. Wie Felix jetzt dalag, hatte sein Antlitz wieder den Ausdruck leidender Jugendlichkeit gewonnen, und eine Schlaffheit wie nach namenlosen Schmerzen, eine Ergebung wie nach hoffnungslosen Kämpfen sprach sich darin aus. Marie war es plötzlich klar, was diese Züge in der letzten Zeit so furchtbar verändert hatte und ihnen in diesem Augenblicke fehlte. Es war die Bitterkeit, die sich in ihnen ausprägte, wenn er sie betrachtete. Nun war gewiß kein Haß in seinen Träumen, und er war wieder schön. Sie wünschte, daß er aufwachte. So wie sie ihn jetzt sah, fühlte sie sich von einem unsäglichen Gram erfüllt, von einer Angst um ihn, die sie verzehrte. Es war ja wieder der Geliebte, den sie hier sterben sah. Mit einem Male begriff sie wieder, was das eigentlich bedeutete. Der ganze Jammer dieses Unabwendbaren und Fürchterlichen kam über sie, und alles verstand sie wieder, alles. Daß er ihr Glück und ihr Leben gewesen und daß sie mit ihm hatte in den Tod gehen wollen, und daß nun der Augenblick unheimlich nahe, wo alles unwiederbringlich vorbei sein müßte. Und die starre Kälte, die sich über ihr Herz gelagert, die Gleichgültigkeit ganzer Tage und Nächte flössen für sie in ein dumpfes Unbegreifliches zusammen. Und jetzt, jetzt ist es ja eigentlich noch gut. Er lebt ja noch, er atmet, er träumt vielleicht. Aber dann wird er starr daliegen, tot, man wird ihn begraben, und er wird tief in der Erde ruhen auf einem stillen Friedhof, über den die Tage gleichförmig hinziehen werden, während er vermodert. Und sie wird leben, sie wird unter Menschen sein, während sie doch draußen ein stummes Grab weiß, wo er ruht, – er! den sie geliebt hat! Ihre Tränen flossen unaufhaltsam, endlich schluchzte sie laut auf. Da bewegte er sich, und wie sie noch rasch mit dem Taschentuche über ihre Wangen fuhr, schlug er die Augen auf und sah sie lange an mit einer Frage im Blick, aber er sagte nichts. Dann nach einigen Minuten flüsterte er: »Komm!« Da erhob sie sich von ihrem Sessel, beugte sich über ihn, und er hob die Arme, als wollte er ihren Hals umschlingen. Er ließ die Arme aber wieder sinken und fragte:

»Hast du geweint?«

»Nein«, erwiderte sie hastig, indem sie sich die Haare von der Stirn zurückstrich.

Er schaute wieder lange und ernst auf sie, dann wandte er sich ab. Er schien nachzugrübeln.

Marie dachte nach, ob sie dem Kranken etwas von ihrem Telegramm an Alfred sagen sollte. Sollte sie ihn darauf vorbereiten? Nein, wozu? Das beste wird sein, wenn sie sich selbst von Alfreds Ankunft überrascht stellt. Der ganze Rest des Tages verfloß in der dumpfen Spannung der Erwartung. Die äußerlichen Vorkommnisse zogen wie im Nebel an ihr vorbei. Der Besuch des Arztes war bald abgetan. Er fand den Kranken vollkommen apathisch, nur selten aus einem stöhnenden Halbschlummer zu gleichgültigen Fragen und Wünschen erwachend. Er fragte nach der Stunde, verlangte nach Wasser; die Vermieterin ging aus und ein, Marie verbrachte die ganze Zeit im Zimmer, meist auf dem Sessel neben dem Kranken. Zuweilen stand sie am Fußende des Bettes, mit den Armen sich auf die Lehne stützend, manchmal ging sie auch zum Fenster und schaute in den Garten, in dem die Baumschatten allmählich länger wurden, bis endlich die Dämmerung über Wiesen und Wege schlich. Es war ein schwüler Abend geworden, und das Licht der Kerze, die auf dem Nachttische zu Häupten des Kranken stand, regte sich kaum. Nur als es völlig Nacht geworden und über den graublauen Bergen, die weit hinten zu sehen waren, der Mond hervorkam, erhob sich ein leichter Luftzug. Marie fühlte sich sehr erfrischt, als er um ihre Stirn wehte, und auch dem Kranken schien er wohlzutun. Er bewegte den Kopf und wandte die weitgeöffneten Augen dem Fenster zu. Und endlich atmete er tief, tief auf. »Ah!«

Marie ergriff seine Hand, die er zu Seiten der Decke herunterhängen ließ. »Willst du etwas?« fragte sie.

Er entzog ihr langsam die Hand und sagte: »Marie, komm!«

Sie rückte näher und brachte ihren Kopf seinem Polster ganz nahe. Da legte er seine Hand wie segnend über ihre Haare und ließ sie darauf ruhen. Dann sagte er leise: »Ich danke dir für all deine Liebe.« Sie hatte nun ihren Kopf neben dem seinen auf dem Polster ruhen und fühlte wieder ihre Tränen kommen. Es wurde ganz stille im Zimmer. Von ferne her nur klang das verhallende Pfeifen eines Eisenbahnzuges. Dann wieder die Stille des schwülen Sommerabends, schwer und süß und unbegreiflich. Da plötzlich richtete sich Felix im Bette auf, so rasch, so heftig, daß Marie erschrak. Sie erhob sich vom Polster und starrte Felix ins Gesicht. Der faßte den Kopf Mariens mit beiden Händen, wie er oft in wilder Zärtlichkeit getan. »Marie«, rief er aus, »nun will ich dich erinnern.«

»Woran?« fragte sie und wollte ihren Kopf seinen Händen entwinden. Er aber schien alle seine Kraft wieder zu haben und hielt fest.

»Ich will dich an dein Versprechen erinnern«, sagte er hastig, »daß du mit mir sterben willst.« Er war ihr mit diesen Worten ganz nahe gekommen. Sie fühlte seinen Atem über ihren Mund streichen und konnte nicht zurück. Er sprach so nah zu ihr, als sollte sie seine Worte mit ihren Lippen trinken müssen. »Ich nehme dich mit, ich will nicht allein weg. Ich liebe dich und laß dich nicht da!«

Sie war vor Angst wie gelähmt. Ein heiserer Schrei, so erstickt, daß sie ihn selbst kaum hörte, kam aus ihrer Kehle. Ihr Kopf war unbeweglich zwischen seinen Händen, die ihn krampfhaft an den Schläfen und Wangen zusammenpreßten. Er redete immer weiter, und sein heißer, feuchter Atem glühte sie an.

»Zusammen! Zusammen! Es war ja dein Wille! Ich hab' auch Furcht, allein zu sterben. Willst du? Willst du?«

Sie hatte mit den Füßen den Sessel unter sich weggeschoben, und endlich, als müßte sie sich von einem eisernen Reif befreien, riß sie ihren Kopf aus der Umklammerung seiner beiden Hände. Er hielt die Hände noch immer in der Luft, als wäre ihr Kopf noch dazwischen, und starrte sie an, als könnte er nicht begreifen, was geschehen.

»Nein, nein«, schrie sie auf. »Ich will nicht!« und rannte zur Türe. Er erhob sich, als wollte er zum Bett hinausspringen. Aber jetzt verließen ihn die Kräfte, und wie eine leblose Masse sank er mit einem dumpfen Aufschlag aufs Lager zurück. Sie aber sah es nicht mehr; sie hatte die Tür aufgerissen und lief durchs Nebengemach in den Hausflur. Sie war ihrer Sinne nicht mächtig. Er hatte sie erwürgen wollen! Noch fühlte sie seine herabgleitenden Finger auf ihren Schläfen, auf ihren Wangen, auf ihrem Halse. Sie stürzte vor das Haustor, niemand war da. Sie erinnerte sich, daß die Frau fortgegangen war, ein Abendessen zu besorgen. Was sollte sie tun? Sie stürzte wieder zurück und durch den Hausflur in den Garten. Als würde sie verfolgt, so rannte sie über Weg und Wiesen hin, bis sie ans andere Ende gelangte. Nun wandte sie sich um und konnte das offene Fenster des Zimmers sehen, aus dem sie eben kam. Sie sah den Kerzenschein darin zittern, sonst gewahrte sie nichts. »Was war das? Was war das?« sagte sie vor sich hin. Sie wußte nicht, was sie tun sollte. Sie ging planlos auf den Wegen neben dem Gitter hin und her. Jetzt fuhr es ihr durch den Kopf. Alfred! Er kommt jetzt! Jetzt muß er kommen! Sie schaute zwischen die Gitterstäbe durch auf den mondbeschienenen Weg hinaus, der vom Bahnhof herführte. Sie eilte zur Gartentür und öffnete sie. Da lag der Weg vor ihr, weiß, menschenleer. Vielleicht aber kommt er die andere Straße. Nein, nein – dort, dort naht ein Schatten, immer näher, näher, immer rascher, die Gestalt eines Mannes. Ist er's? Ist er's? Sie eilte ihm ein paar Schritte weit entgegen: »Alfred!« »Sind Sie's, Marie?« Er war es. Sie hätte weinen mögen vor Freude. Wie er bei ihr war, wollte sie ihm die Hand küssen. »Was gibt's?« fragte er. Und sie zog ihn nur mit sich, ohne zu antworten.

Felix lag nur einen Moment regungslos da, dann erhob er sich und blickte um sich. Sie war fort, er war allein! Eine schnürende Angst kam über ihn. Nur eines war ihm klar, daß er sie da haben müßte, da, bei sich. Mit einem Sprunge war er aus dem Bette. Aber er konnte sich nicht aufrecht halten und fiel wieder nach rückwärts auf das Bett hin. Er fühlte ein Summen und Dröhnen im Kopf. Er stützte sich auf den Stuhl, und indem er ihn vor sich hinschob, bewegte er sich vorwärts. »Marie, Marie!« murmelte er. »Ich will nicht allein sterben, ich kann nicht!« Wo war sie? Wo konnte sie sein? Er war, immer den Sessel vor sich herschiebend, bis zum Fenster gekommen. Da lag der Garten und drüben der bläuliche Glanz der schwülen Nacht. Wie sie flimmerte und schwirrte! Wie die Gräser und Bäume tanzten! Oh, das war ein Frühling, der ihn gesund machen sollte. Diese Luft, diese Luft! Wenn immer solche Luft um ihn wehte, mußte es wohl eine Genesung geben. Ah! dort! was war dort? Und er sah vom Gitter her, das tief in einem Abgrunde zu liegen schien, eine weibliche Gestalt kommen, über den weißen, schimmernden Kiesweg, vom bläulichen Glänze des Mondes umhaucht. Wie sie schwebte, wie sie flog, und kam doch nicht näher! Marie! Marie! Und gleich hinter ihr ein Mann. Ein Mann mit Marie – ungeheuer groß –. Nun begann das Gitter zu tanzen und tanzte ihnen nach, und der schwarze Himmel dahinter auch, und alles, alles tanzte ihnen nach. Und ein Tönen und Klingen und Singen kam von ferne, so schön, so schön. Und es wurde dunkel. –

Marie und Alfred kamen heran. Sie liefen beide. Beim Fenster angelangt, blieb Marie stehen und schaute angstvoll ins Zimmer hinein. »Er ist nicht da!« schrie sie. »Das Bett ist leer.« Plötzlich kreischte sie auf und sank zurück, in Alfreds Arme. Der beugte sich, indem er sie sanft wegdrängte, über die Brüstung, und da sah er gleich am Fenster den Freund auf dem Boden liegen, im weißen Hemde, lang ausgestreckt, mit weit auseinandergespreizten Beinen und neben ihm einen umgestürzten Sessel, dessen Lehne er mit der einen Hand festhielt. Vom Munde floß ein Streifen Blut über das Kinn herab. Die Lippen schienen zu zucken und auch die Augenlider. Aber wie Alfred aufmerksamer hinschaute, war es nur der trügerische Mondglanz, der über dem bleichen Gesicht spielte.

Über tredition

Eigenes Buch veröffentlichen

tredition wurde 2006 in Hamburg gegründet und hat seither mehrere tausend Buchtitel veröffentlicht. Autoren veröffentlichen in wenigen leichten Schritten gedruckte Bücher, e-Books und audio-Books. tredition hat das Ziel, die beste und fairste Veröffentlichungsmöglichkeit für Autoren zu bieten.

tredition wurde mit der Erkenntnis gegründet, dass nur etwa jedes 200. bei Verlagen eingereichte Manuskript veröffentlicht wird. Dabei hat jedes Buch seinen Markt, also seine Leser. tredition sorgt dafür, dass für jedes Buch die Leserschaft auch erreicht wird.

Im einzigartigen Literatur-Netzwerk von tredition bieten zahlreiche Literatur-Partner (das sind Lektoren, Übersetzer, Hörbuchsprecher und Illustratoren) ihre Dienstleistung an, um Manuskripte zu verbessern oder die Vielfalt zu erhöhen. Autoren vereinbaren direkt mit den Literatur-Partnern die Konditionen ihrer Zusammenarbeit und partizipieren gemeinsam am Erfolg des Buches.

Das gesamte Verlagsprogramm von tredition ist bei allen stationären Buchhandlungen und Online-Buchhändlern wie z. B. Amazon erhältlich. e-Books stehen bei den führenden Online-Portalen (z. B. iBookstore von Apple oder Kindle von Amazon) zum Verkauf.

Einfach leicht ein Buch veröffentlichen: **www.tredition.de**

Eigene Buchreihe oder eigenen Verlag gründen

Seit 2009 bietet tredition sein Verlagskonzept auch als sogenanntes "White-Label" an. Das bedeutet, dass andere Unternehmen, Institutionen und Personen risikofrei und unkompliziert selbst zum Herausgeber von Büchern und Buchreihen unter eigener Marke werden können. tredition übernimmt dabei das komplette Herstellungs- und Distributionsrisiko.

Zahlreiche Zeitschriften-, Zeitungs- und Buchverlage, Universitäten, Forschungseinrichtungen u.v.m. nutzen diese Dienstleistung von tredition, um unter eigener Marke ohne Risiko Bücher zu verlegen.

Alle Informationen im Internet: **www.tredition.de/fuer-verlage**

tredition wurde mit mehreren Innovationspreisen ausgezeichnet, u. a. mit dem Webfuture Award und dem Innovationspreis der Buch Digitale.

tredition ist Mitglied im Börsenverein des Deutschen Buchhandels.

Dieses Werk elektronisch lesen

Dieses Werk ist Teil der Gutenberg-DE Edition DVD. Diese enthält das komplette Archiv des Projekt Gutenberg-DE. Die DVD ist im Internet erhältlich auf **http://gutenbergshop.abc.de**